回 环 之 歌
THE
CIRCLING
SONG

北京联合出版公司　［埃及］纳瓦勒·萨达维 著　｜　蒋慧 译

图书在版编目（CIP）数据

回环之歌 / (埃及) 纳瓦勒·萨达维著；蒋慧译. -- 北京：北京联合出版公司，2024.3（2024.9重印）
（面纱下的女性）
ISBN 978-7-5596-7333-6

Ⅰ.①回… Ⅱ.①纳…②蒋… Ⅲ.①中篇小说—埃及—现代 Ⅳ.①I411.45

中国国家版本馆CIP数据核字(2023)第253702号

God Dies by the Nile and Other Novels by Nawal El Saadawi
Copyright © 1974, 1985, 2007, 2015 by Nawal El Saadawi
This edition arranged with Red Rock Literary Agency, on behalf of Zed Books through Big Apple Agency, Labuan, Malaysia.
Simplified Chinese edition copyright © 2024 Ginkgo (Beijing) Book Co., Ltd.
All rights reserved.
本书中文简体版权归属于银杏树下（北京）图书有限责任公司

北京市版权局著作权合同登记　图字：01-2023-5445

回环之歌

著　　者：[埃及] 纳瓦勒·萨达维	译　　者：蒋　慧
出 品 人：赵红仕	选题策划：后浪出版公司
出版统筹：吴兴元	编辑统筹：周　茜
责任编辑：龚　将	特约编辑：袁艺舒
营销推广：ONEBOOK	装帧制造：墨白空间
排　　版：龚毅骏	

北京联合出版公司出版
(北京市西城区德外大街83号楼9层　100088)
北京盛通印刷股份有限公司印刷　新华书店经销
字数291千字　787毫米×1092毫米　1/32　20.875印张
2024年3月第1版　2024年9月第3次印刷
ISBN 978-7-5596-7333-6
定价：158.00元（全四册）

后浪出版咨询（北京）有限责任公司版权所有，侵权必究
投诉信箱：editor@hinabook.com　　fawu@hinabook.com
未经书面许可，不得以任何方式转载、复制、翻印本书部分或全部内容
本书若有印、装质量问题，请与本公司联系调换，电话010-64072833

英译本序

高产的创作者，女权的捍卫者，父权制的挑战者，为多数人惧，又被许多人爱，杰出的阿拉伯语作家——纳瓦勒·萨达维。她是训练有素的医生和精神科专家，拥有超凡的能量，聚焦热点话题，激起众议。

任何文字写作者都能在自己写过的书中挑出一本最爱。对高产的埃及女医生、女作家纳瓦勒·萨达维来说，她的最爱无疑是《回环之歌》。

"回环之歌"译自阿拉伯语书名 Ughniyyat al-Atfal al-Da'iriyya，更准确的直译应该是"孩子的回环之歌"。"孩子"的出现并非偶然，因为这个难忘又精妙的故事围绕一首歌展开，而这首歌正由孩子吟唱，他们手拉手，围成一个无始无终的圆圈。孩子们一边围着无尽的圆圈奔跑，一边唱一首不断重复的歌。叙事者登场，给读者上了一堂阿拉伯语课，告诉大家在阿拉伯语中，一个点或一个字母的更动都会引起含义与性别的变化。双胞胎哈米达（女性）和哈米多（男性）是故事的两个主人公，他们就完美地展示了阿拉伯语的这种暧昧特质。

哈米达偷了一块糖，躺在床上吮吸它。店主追上她，强暴了她。这次侵犯令故事正式展开，最初母亲怀疑自己在女儿衣服上看到的血迹是月经来潮的信号。然而哈米达的肚子日渐隆起，母亲明白了那些血是别的东西。她把女儿送上火车，让她逃走。第一次强暴因一块偷来的糖而起。第二次强暴也随之而来，这一次发生在哈米达乘火车抵达的城市。在饥饿的驱使下，她抓起了一块面包，这个偷食物的举动令她遭遇了第二次强暴，强暴者是"政府"。后来做女仆时，她因为吃了一小块肉而被主人侵犯，这是第三次遭遇强暴。

饮食与强暴的联系将我们带入肉体的世界，它与政治（第二次强暴）和社会（第三次强暴）交织。这三个元素的结合在萨达维的小说中并不罕见。

我们在《零点女人》中看到过同样的联系。在《零点女人》中，作为叙事者的医生被一名妓女囚犯的诉说吸引了。妓女菲尔道斯也遭遇过强暴，施害者是她的叔叔，一个受过传统教育的男人。后来她嫁给了一位比她年长很多的族长，一个守财奴，他会因为在垃圾桶里看到食物残渣而殴打妻子。她跑到了叔叔家，却被告知，男人，尤其是族长，都会打妻子。她逃走了，不过这回是堕入了风尘。

《回环之歌》中的哈米达抵达城市，走下火车，她的哥哥哈米多却在父亲的教唆下登上火车，父亲宣称："只有鲜血能洗刷耻辱。"这里的鲜血当然是指女性的鲜血。

在萨达维的短篇小说《女医生的故事》里，故事以第三人称叙述："S医生在日记中写道。"S医生讲述了这样的故事。一位年轻女子坐在S医生的诊所里，身边是一位高挑的年轻男子——她的哥哥。哥哥恳请医生给妹妹做个检查，好对她的情况放心，因为他们下个礼拜就要把她嫁给一位表兄了。女孩打断了哥哥的话，坚持说自己不爱那个男人，不想嫁给他。然而，哥哥却说，她不想嫁，是有"别的原因，医生……我想，你明白的"，显然是在暗示妹妹可能已经失去了贞操。

医生看到了年轻女孩眼中的恐惧，她请哥哥离开房间，以便进行检查。年轻女孩终于得以与医生独处，她恳求医生将自己从哥哥手里救出来，不然他可能会杀了她。医生决定尊重病人意愿，不对她进行检查，便对女孩说，她会告诉她的哥哥，这已经超出了自己的职权。这位病人却不同意，认为哥哥只会带她去看别的医生。她请医生宣称已经给她做过检查，证明了她的"体面"，否则她的哥哥会杀了她。她另有所爱，一个月后会嫁给那个人，她对医生发誓，他们之间从未做过有损名节的事。

医生审视了自己的良知与原则，将哥哥喊了进来，告诉他妹妹是体面的。随后她在日记中写道，她相信这个女孩的确是体面的，"医学只能区分病与没病，无法区分体面与不体面"。哥哥因自己的怀疑被医生要求向妹妹道歉，两人随后一起离开了。医生接着写下了自己的誓言："人性与良知将是我工作与创作的准则。"她又写道："我放下笔，感到了久违的轻松。"

第三人称叙述者充当了医生的媒介，引入实际的写作过程。哈米达和哈米多来自农村，无法将故事诉诸笔端，他们的遭遇同样需要医生来讲述。女医生再次成为媒介，替无声者发声。

通过写兄妹情结，萨达维犀利的笔尖触及了一个深刻的社会问题——兄妹间的妒忌。著名的阿拉伯民俗研究者哈森·沙米曾指出兄妹间的性吸引力和随之而来的嫉妒是多么强大。西方社会中，俄狄浦斯情结是心理学关注的焦点，在阿拉伯文化中，则是兄妹情结。这种兄妹关系经常出现在文本中，从中世纪到现代，从文学到哲学。

在萨达维的短篇小说中，妹妹受到了哥哥的威胁。她向医生重复了两次，哥哥会杀了她。这不是她的臆测，在哈米达身上，就发生了这样的事。女孩的名誉是他们来看医生的驱动力。女性的身体在被交给未婚夫之前，必须自证清白。不过，男子不了解女性的团结。他试图控制女人的身体，这个身体成了错综复杂的社会性别游戏中的质押物。然而，医生挫败了男子的这一欲望，将这位年轻女人的身体交还给她。医学，作为一种社会力量，成了女性的救命稻草。

小说中，哥哥对妹妹的贞操极度关心。她的身体是一个商品，若是丢了清白，遭遇便是死亡。叙利亚男性作家扎卡里亚·塔米尔在短篇小说《东方婚礼》中猛烈抨击了把女性当作商品的婚姻传统。小说里提到，待年轻女孩的身价经过一番商讨，讲定每千克的价钱，她就会被带去市场称重。塔米尔与萨达维很像。萨达维曾在《女医生回忆录》中把婚礼上使用的词汇比作租赁公寓、商店或其他场所时使用的词汇。回忆录中的叙述者好奇人们是否希望她坐下来，等着某个男人来将自己买走，就像买一头牛，将婚姻比作交易的隐喻在她的表达中重复出现。女人的身体是一种商品，它的价值与它的"名誉"挂钩。

S医生再次用呼唤人性和良知的誓言结束了这部回忆录。医学和艺术再次结合，这一次，她通过医学将妹妹从哥哥的死亡威胁中拯救了出来，广义上来说，是社会公义与医学得以融合。

S医生的故事，正如《女医生回忆录》，展示了埃及一名上层社会女性的潜在力量。她也许能拯救自己，或许能拯救他人。这些医学故事中也清晰展现了另一种女性：底层女性，她们失去了对自己身体的控制权，若想重新掌权，肉体便会遭遇重创。《回环之歌》中的哈米达无疑就是这样的例子。

"只有鲜血能洗刷耻辱",简单的一句话将肉体的鲜血和社会价值中的耻辱联系起来,这种被称为"失贞"的耻辱深深根植于阿拉伯文化。

费德瓦·马尔蒂-道格拉斯[1]
印第安纳大学

---

[1] 费德瓦·马尔蒂-道格拉斯(Fedwa Malti-Douglas,1946—),黎巴嫩裔美国教授、作家,印第安纳大学荣誉教授,曾任教于印第安纳大学文理学院,2015年获美国国家人文奖章。——编者注。若无特别说明,本书注释均为译注。

作者序

在我写过的所有小说中,《回环之歌》甚合我心。它写于1973年末,11月,我记得很清楚,当时我正处于一种难言的悲痛之中。当时的埃及统治者对自己的胜利极其满意与骄傲,他被无数男女簇拥,他们为他的一言一行喝彩,甚至无来由地为他喝彩。

我不清楚这种悲痛的主因,但这必定是其中之一:前一年(1972年8月)我出版了几本书,立刻遭到了解雇,书和文章都被没收了,我的名字也上了政府的黑名单。与此同时,我每天早上都能在报刊上看到埃及统治者的面孔,在各种各样的扬声器里听到他的声音。

我跟政治、执政机构或统治者本人之间并无接触或从属关系。我一直在写作,也在此之余继续行医。然而统治者与我之间发展出了某种(当然是单向的)基于仇恨的关系。此前我没有体验过那种仇恨:当时,我的大部分人际关系因喜爱而建立。

我不时会回到家乡卡弗塔拉。坐在父亲简朴到几乎没有任何装饰的旧房子里,我感到一丝安慰与轻松。我能闻到泥地的香味,堂妹扎纳布为了防尘,刚在地上洒了水。我会看到孩子们的面孔,有男孩,也有女孩,似盛开的花朵,苍蝇叮在他们身上,就像蜜蜂爬上鲜花。我听到他们在粪堆上玩耍时唱的歌。

其中一首是"哈米达生了个孩子……"。我经常听到他们唱这首歌,小时候我就听过很多次,那时我是他们当中的一员。不知道为什么,当我在这个特殊的时刻听到他们唱起这首歌,心里便有了关于这篇小说的灵感。

这个灵感模糊、神秘、深远,令我好几天睡不着觉,也许是好几个礼拜没睡着。然后我开始动笔。我把文稿装在布袋里,穿上皮凉鞋——它的橡胶鞋底有弹性,我会离开吉萨的家,它位于穆拉德街,与开罗隔水相望,然后花上半个小时左右,横穿尼罗河,走过开罗大学大桥,抵达我的终点——尼罗河畔一家小小的露天咖啡馆。因为要给消防部门让道,咖啡馆的墙壁被拆掉了。我坐在一张竹椅上,面对一张竹桌,凝视着尼罗河里的水,不停写作。

我花了几个礼拜，写出了这部小说的初稿，又花了一些日子修改。写到某些段落，我发觉脸上有泪。当哈米达（或哈米多）流泪时，我也会流泪。我确定我的小说会有所作为，既然我会跟着其中的人物流下真实的泪水，那它必然是一件鲜活的艺术作品，会给读者带来类似的体验。

每当我听到麦克风和广播里传出快乐的歌声，心中便会更加悲伤。我不知道哪种情绪更真实：周围世界的欢欣，还是内心深处的悲伤。我感到这个世界已和我彻底对立，这部小说只是想为这种对立赋形。

当然，我没法在埃及出版这部小说，因为我被列入了政府的黑名单。于是我想在贝鲁特将它付梓。那时，贝鲁特就像是肺，令很多作家——被禁止出版作品的男女作家——能够呼吸。

我写完这部小说两三年后——我记不清确切的时间了，达尔·阿达布在贝鲁特出版了它。在埃及，评论家自然忽略了这部小说，或许他们根本不会去读，这也是他们对我其他作品的一贯做法。因此，这部小说在一派沉默中出现，时至今日，依然处于同样的沉默之中。不过，确实有人读过它，因为贝鲁特的出版社不止一次重印这部小说，（自1982年起）埃及的一家出版社也将它印刷了好几次。这部小说在埃及和其他国家不断被出版和阅读，埃及的评论家却始终一言不发。

与此同时，我彻底忘了这部小说，写了一些风格截然不同的小说。不过它的特色和结构在我的想象中久久停留，就像曾经做过的梦。我曾想用同样的写作方式，再写一篇也许更富雄心的小说。我也时不时会遇上一位读过这部小说的女士或男士，或是收到一封读者来信，他们对它做出了这样的评价："这本书释放了我内心的许多情感！你为什么不延续这种写作风格呢？"

每一种构思都有自己独特的表达方式，我无意将这种风格强加于不同的想法。

有天我在伦敦，《回环之歌》的出版商问我是否有可供翻译出版的新小说。这部小说突然又闯入我的脑海——距它阿拉伯语版本第一次在贝鲁特出版，已经过去了十几年。我意识到自己非常喜欢《回环之歌》，它就像无论过了多少年也不会忘怀的亲密关系。我有十年没有读过这部小说了,因为书籍出版之后我便不想再读,不过这部小说的译者给了我一份译本[1],供我回顾。令人惊异的是,我仿佛是第一次读这部小说。我会在某些特定的段落惊讶地停下来,就像作者是另一个女人,而不是我。是啊——多么奇怪——每当哈米达(或哈米多)哭泣时,我会发觉自己也流下泪水。由此我便明白,这正是我所期望的译本。

纳瓦勒·萨达维

---

[1] 指1989年由英国ZED Books出版社出版的英译本。——编者注

每天，无论我何时走出家门，都能看到一群小孩，他们围成一个圆，在我眼前不停旋转，一圈接一圈。孩子们的声音又尖又细，清脆地飘上天空。他们一边转圈，一边唱歌，歌曲的节奏跟身体的动作同步，它只有一节，却不停重复，因此成了一个首尾相衔、牢不可破的循环：

哈米达生了个孩子，
她叫他阿卜杜勒·萨马德[1]。
她把他丢在河床上，
风筝冲下来，切下了他的脑袋！
嘘！嘘！滚开！
哦，风筝！哦，猴鼻子！
哈米达生了个孩子，
她叫他阿卜杜勒·萨马德。

---

1 阿卜杜勒·萨马德（Abd el-Samad），男性的名字，字面意思是"永远的奴仆"。sumuud 的词根跟 samad 相同，意思是"反抗"或"抵抗"。据作者说，农家小孩会一边唱这首歌，一边围成一个圈跳舞，唱到"嘘！嘘！"这一句时，还会向圈外扔石头。

她把他丢在河床上，

风筝冲下来，切下了他的脑袋！

嘘！嘘！滚开！

哦，风筝！哦，猴鼻子！

哈米达生了个孩子，

她叫他阿卜杜勒·萨马德……

孩子们反复唱着这首歌，语速极快，第一句开始时，最后一句话音未落，而最后一句又紧紧抓着第一句的尾巴。他们一直转，一直唱，旁人没法分辨这首歌的起始与结尾。他们紧紧拉着彼此的手——孩子们习惯如此，旁人看不出这个圈从哪里开始，在哪里结束。

* * *

万事都有开端，就像我要讲这个故事，就必须先起个头。然而，我不知道这个故事从哪里开始。我没法精确定义故事的开端，因为它并不明确。事实上，这个故事没有开头，更准确地说，开头和结尾连在一起，成了一个封闭的圆环。很难看出这个圆环从哪里开始,在哪里结束。

起头总是很难,尤其是给一个真实的故事起头,一个真实得不能再真实的故事,一个精确得不能再精确的故事。这种精确要求作者不能省略或忽视任何一点。因为,在阿拉伯语中,一个点——一个简单的圆点——就能改变词语的含义。有时候变动一条线或一个圆点,男性就变成了女性。同样地,在阿拉伯语中,"丈夫"与"骡子"的区别、"诺言"与"恶棍"的区别,往往也只在于一个点或一条线的位置。

所以,我必须在一个明确的点上开始我的故事。而一个明确的点就是一个明确的点,不是别的。这不能是一条线,或一个圈,只能是一个几何意义上的点。换句话说,在这件艺术作品中,也就是我的小说中,科学上的精确不可或缺。科学上的精确也能毁坏或扭曲一件艺术作品,但也许毁坏或扭曲正是我想要的东西,是我想在这个故事中呈现的东西。唯其如此,它才是真实诚挚的"活着的生命"。我坚持如此措辞,从容写下这个词,并非信手拈来,而是自有一番考量。因为,世上存在两种生命:"活着的生命"和"死去的生命"。"死去的生命"是指一个人过着日子,却不流汗、不排泄,身上不会产生污秽的东西。因为污秽、堕落、腐败是"活着的生命"的必然产物。一个活人没法一直憋尿,否则他就会死。然而他一死,便可以将污秽留在自己体内,此时他便成了一具科学意义上的"洁净尸体"。不过从艺术的角度来看,内部的腐败比向外界排泄污秽更致命。这是一个众所周知的事实,也是自然现象。正因如此,尸体的味道要比活人的味道臭得多。

* * *

我想象着(就在那一刻,我的想象成了事实),在孩子们一边转圈一边齐声歌唱的时候,一个孩子突然走出圆圈。我看到一个小小的身体脱离了那个稳稳旋转的圆环,打破了规则的圆形。它像一粒闪闪发光的微尘或一颗失去了平衡的星星,突然飞出了宇宙,形成一道光焰,就像在自己的光焰中陨落的流星。

出于本能的好奇,我的目光随他而动。他停了下来,离我很近，我能看到他的脸。这不是男孩的脸，正如我所料。是的，这是一张小女孩的脸。然而我并不确定，因为孩子的脸——就像老人的脸——看不出性别。只有在童年与老年之间的阶段里，性别才会不辨自明。

这张脸——奇怪极了——我并不感到陌生，它是如此熟悉。这种困惑发展为怀疑，我的大脑接受不了眼前的景象，这不合情理：我一早出门上班，半路迎头撞上一个人，而这人的脸竟与我的脸一模一样。

我承认，我的身体在颤抖，剧烈的恐慌令大脑无法思考。即便如此，我依然在想：一个人与自己打照面时为何要恐慌？是因为遇见自己非常奇怪吗？还是因为这样的相遇过分熟悉？一切都乱套了。原本对立相异的事物几乎合二为一。黑色变成了白色，白色变成了黑色。这一切有什么意义？眼睛睁着，却什么也看不见。

我用颤抖的手指揉揉眼睛，再次看向那个孩子的脸，一次又一次，看了无数次。也许从那时起，我就一直在凝视那张脸。也许我仍然在看它，此刻在看，每一刻都在看，仿佛它如影随形，仿佛它成了我身体的一部分，就像我的手和腿。

* * *

恐慌自然会催生憎恶，无法否认，我立刻对这张脸充满恨意。我说这话的时候，有些人也许会觉得我不真诚。也许他们会自问，一个人怎么会憎恶自己的脸、自己的身体或身体上的任何部位。他们无疑有些道理，毕竟，比起我自己，他们更常看到我。这并非困扰着某个特定的人：其实，每个人都饱受其苦，因为别人总是更常看到你——无论是正面、侧面，还是背影。别人知道我们背影的样子，我们却只能看见自己的正脸——还是在镜子里。

镜子总是唾手可得，它像另一个人似的横亘在你与自己之间。尽管如此，我对镜子并无敌意。事实上，我爱镜子。我喜欢仔细打量它——应该说，盯着它。我喜欢看自己的脸，对它从来看不厌，因为这是一张美丽的脸，比我在这个世界上看到的任何面孔都美。而且，我每次看它，都会发现新的动人之处，这几乎让我着迷。

不见得人人都会对我的坦诚感到不安。然而，直率也不总是受到欢迎，事实上，是很少受欢迎。可我发过誓，便还是会说实话。讲真话很难，我明白这一点。而且，坚持讲真话需要付出越来越多的努力和越来越大的牺牲。你必须放弃招人喜欢和待见的想法。你甚至必须接受，我们的为人和言行会招致敌意。有时敌意滋长，让他们对我们心生厌恶。但这是自由斗士必然会面对的挣扎，也是任何如我一般想要创作伟大艺术作品的人必然面对的挣扎。

这张脸上最令我惊叹的是它的眼睛，也只有这双眼睛。我最着迷于人的眼睛。而且我认为（虽然我的想法可能缺乏科学基础），眼睛是极度敏感的器官，应该说，是最敏感的器官，紧接着是生殖器官。不过这双眼睛最吸引我的是那闪耀的光芒，它照亮了每个角落，就像无比纯净、切工精良的钻石。这无疑是一种令人困惑的目光，无法轻易看穿，因为这不是一种有明确意味的简单眼神。这不是悲伤的眼神，不是快乐的眼神，也不是责备或恐惧的眼神。不，这不是单一的眼神。它包含着许多种眼神，尽管表面看来如此统一。第一种眼神很快消失，第二种、第三种接续到来，不断轮换，就像一本厚书翻动的书页，或是一件精细的织物，一层叠着一层。

我的注意力完全被她的眼睛吸引了，没看到其他部位——例如鼻子、脸颊、嘴唇，也没注意到那只举到半空中的小手正熟悉而轻柔地朝我挥动，仿佛她早就认识我。

"你叫什么名字？"我问她。

"哈米达。"

孩子们的声音齐声响起，他们一边转圈一边唱着这支首尾相衔的歌，歌声不停循环，叫人分不清始终。

哈米达生了个孩子，
她叫他阿卜杜勒·萨马德。
她把他丢在河床上，
风筝冲下来，切下了他的脑袋！
嘘！嘘！滚开！
哦，风筝！哦，猴鼻子！
哈米达生了个孩子，
…………

我笑了,成年人试图跟孩子嬉闹时通常会这么做。

"他们在为你唱歌吗?"我问。

然而我没能得到答案。就在我笑着转头的瞬间,她消失了。我只瞥见,她小小的背影微微弓起,消失在一扇黑木门后,门上安着一只木手,充当门环。

我没有敲门,陌生人面对一扇关闭的门时,通常不会这么做。这些房子的门口总是笼罩着大片黑暗,太阳早已落山,黑暗愈加浓重,但我认得路。我在右边看到一只在墙后窥探的母羊,在左边看到一小级台阶,它只比地面高一点,通向一个房间。尽管如此,我越过它时还是踉跄了一下——我每次都这样,差点摔个狗啃泥。若不是身体久经训练,十分敏捷,拥有重获平衡的非凡能力,我真的会摔倒。

我看到她了。她躺在草席上,睡得很熟。她眯着眼睛,嘴唇微微张开,在熟睡中沉沉地呼吸,她用手臂抱着脑袋,右手握着一枚硬币,不知那是一便士,还是半便士。长袍盖在娇嫩的细腿上,刚及膝盖。过了一会儿,她小小的脑袋颤抖了一下,动作轻微,几乎难以察觉。牙关轻轻咬合,仿佛幸福正在她口中融化:那是一小块糖果，被藏在舌头底下。

　　这天没有月亮，夜色深沉。油灯傍晚就点燃了，现在只剩一缕微光，也许是因为灯芯烧光了，也许是因为油已耗尽了。我站在那里，一阵强劲的热风突然扑灭了这缕微光。风从门的方向吹来，其实那根本算不上一扇门，因为房间门口只有那个微微隆起的小门槛。不过现在油灯彻底灭了，黑暗变得如此浓稠，叫人没法分辨哪里是地面，哪里是墙，哪里是屋顶。漆黑之中没法看清任何东西——任何东西，除了那个堵在门口的庞然大物，唯一的光亮来自那个大块头顶端的两个圆孔，孔里发出被余烬染红的刺眼黄光。

　　此刻夜晚的最后一丝黑暗尚未退去，白天的第一缕曙光还没降临，甚至那为黎明铺路的半明半暗的光线也没出现。黑暗中，他光着大脚，在低矮的门口上踉跄了一下，然而他绷紧双脚，跳上前去，像猎豹似的，又高又宽的身体恢复了平衡。他小心而缓慢地向前摸索，踩上了什么东西，那东西看上去像是乡下男人爱穿的皮拖鞋。

　　这双敏锐的红眼睛就像野猫的眼睛，锐利的目光和夜视的本领还没退化。它们能够看清,她就睡在席子上。他伸出粗糙扁平的手指,掀开她苍白大腿上的长袍。她仍在熟睡,享受着童年特有的酣眠。不过梦境变了:舌下的糖熔化了,店主向她要钱,她摊开手掌,手心空空,店主抄起棍子,追着她跑。

她的身体又小又轻,能像麻雀般在空中穿行。她无疑能比店主跑得快。(啊,她要真是只麻雀就好了。)然而有个沉重的东西突然压在她身上,就像在梦里一样。她感到自己的身体变得非常迟钝。它似乎变成了石头,变成了一尊雕像,双脚牢牢扎进地里,手臂被钢筋水泥固定住了。大腿被扯开,像是变成了大理石。双腿被掰开,僵硬地举在空中。棍棒像雨点般砸在两腿之间,她从不知道棍棒可以如此凶狠。

她尖叫起来,却没能发出声音。一个扁平的大手捂住了她的嘴和脖子,令她窒息。她发觉一个散发着烟味的巨大身躯正压在自己身上:这不是梦,她明白了。尽管她眯着眼睛,却还是认出了这张脸,这很像她的父兄叔伯的脸,或其他男人——任何男人——的脸。

哈米达就像所有的孩子一样,每天早上醒来时,脑中还停留着前一晚的梦。她会像麻雀似的从席子上跳起来，跑到母亲身边，快乐地尖叫，迎接新的一天，孩子们总是如此，睡得饱饱的，胃里空空的，想吃东西，哪怕是一块会崩坏乳牙的硬面包、一口牛羊的乳汁或一片从陶罐底部抠出来的陈奶酪。

那个早晨与平常无异，可梦境没有消退。她的手臂和双腿上有粗糙手指留下的瘀斑，青一块紫一块。她觉得胯下很疼，皮肤也沾上了烟草的味道。

母亲以为哈米达发烧了，便在她头上绑了一块手帕，让她自己躺在席子上。哈米达睡了一天一夜。第二天早晨她醒来时，觉得自己已经忘了那个梦，仿佛它蒸发了，或是被丢在了过去，应该说，仿佛它从未存在过。她像往常一样，精力充沛地从席子上跳起来，只是感到双腿有些沉重，不过她穿好衣服到了学校，跟其他孩子一起蹦蹦跳跳时，沉重很快就消失了。

我总能一眼把哈米达从那些孩子中认出来，因为她的学生裙是用褪色的粗棉布裁的。几天前，她的身后出现了一块血斑。那天她坐在课堂上，血点从内裤里渗出来。母亲早就提醒过她，要她为这事做好准备，也曾教过她如何在大腿间小心地垫上粗棉布巾，因为她不再是一个小女孩了。她经常听母亲说："我在你这个年纪都结婚了，当时我的胸脯还没发育。"

当哈米达转过身，看到学生裙上的污渍，感到尴尬如同汗珠，爬满了她小小的身体，连额上都是。她冲回家，脱掉裙子，换上长袍。她蹲在金属水池边搓洗那件衣服，因为这是她唯一的学生裙。然后她把它晾在太阳底下的绳子上，这样第二天一早它就能干透。

有天，学生裙变紧了。她要费一番力气，才能将自己塞进去，尤其是前面，肚子那里。母亲的目光落在她的肚子上，那种奇怪的眼神哈米达从没见过。那是一种阴沉可怕的眼神，哈米达小小的身体为之一颤。母亲的大手抓住了哈米达纤瘦的手臂。

"脱掉你的学生裙。"

哈米达照办了。她穿上长袍，挨着墙，找到一块阳光能照到的地方，坐了下来。母亲通常会喊她搭把手，去揉面、烤面包、做饭或者打扫屋子。或者，父亲或叔叔伯伯会叫她去店里买烟。或者，某位婶婶会递给她一个还在哺乳期的婴儿，让她帮忙照料，直到婶婶忙完田里的农活儿。或者,邻居会站在屋顶喊她,叫她带上邻居的陶罐,去河里汲水。她的兄弟叔伯会把脏袜子和脏裤子扔给她洗。日落时分,附近的女孩和男孩会跑到街上,玩捉迷藏、警察与强盗,或是"蛇不见了""一粒盐""哈米达生了个小孩"。

但今天,这样的事一件也没发生。他们让她独自坐在阳光里。她不知该怎么消磨时间,只好看着天空中移动的太阳。太阳落山后,她继续在那里待了一会儿,呆呆地坐在黑暗中,小小的身体颤抖着。她感到有什么东西不对劲,可又不知道那究竟是什么。她身边发生了什么可怕的事,就在这片黑暗之中,就在一派死寂之中,在一双双眼睛里,在每个人的眼睛里。连一贯蹦蹦跳跳想挤到她身边的鸡也没像往常一样凑上来。那只总爱蹭她的大黑猫也远远停住了,瞪大了黑色的眼睛,忧虑地盯着她,又长又尖的耳朵直直地竖着。

哈米达的脑袋垂到了膝盖上。她打了一会儿瞌睡,也许是几个小时,然后她感到有长长的手指抓住了自己的肩膀,便立刻醒了。哈米达吓了一跳,要不是母亲突然用手捂住她的嘴,她就会叫出声来。母亲的声音非常小，听起来更像一阵嘶嘶声：

"跟我来，踮起脚。"

此刻没有月亮，微弱的曙光也没出现，夜里一片漆黑。整个村庄都在沉睡。在黑夜与白天交替的瞬间，在晨祷的召唤响起之前，村庄悄无声息。母亲赤着大脚，在尘土飞扬的地上小跑起来，哈米达紧紧跟着母亲，几乎可以触到母亲长袍的下摆。

她刚想开口向母亲道出心中的疑惑，母亲却突然在一堵矮墙前停下了。这堵矮墙隔开了村子的主路与铁轨，哈米达认识它：以前玩捉迷藏时，她常常躲在墙后。母亲递给她一块眼熟的长方形黑布：是一块塔哈[1]。

哈米达将它戴到头上，塔哈垂下来，盖住了她的脖子、肩膀、胸脯、背部和肚子。现在她看起来就跟村妇一样。她话到嘴边，火车的汽笛却响了，母亲浑身一颤。女人脚下的大地猛地震颤起来，她的大手也猛地推了一下女儿的后背，将哈米达推向火车。她又一次低语起来，

1　塔哈（tarha），一种类似头巾或斗篷的长布。

声音很小,像一阵嘶嘶声:

"火车不等人。走吧,快逃!"

哈米达跳向驶来的火车,然后突然停下,转过身来。她看到,母亲仍然站在那里,脚下像是生了根,面无表情,一动不动。笼罩着母亲脑袋、肩膀和胸脯的黑头巾也纹丝不动。她的胸脯没有起伏,身体上的所有部位都静止不动,甚至连睫毛也凝固了。她看上去就像一座雕像,一座真正的石雕。

此刻火车进站了:巨大的黑色火车头冒着黑烟。它的一只大眼睛射出强光,照亮了站台。站在露天里的哈米达也被照亮了。匆忙间,她躲到一根柱子后面。火车减速时,车厢相互碰撞,车轮摩擦着铁轨,发出刺耳的巨大声响,它总算停下了,哈米达心想,这声音肯定吵醒了全村的人。她一边冲向火车,一边扯住塔哈的边缘,遮好自己的脸,尽量让人认不出自己。

她将一只小脚伸向通往火车的台阶。她从前没乘过火车。站台与台阶之间有一条缝隙,她的腿太短了。她把脚缩了回去,紧张地四下张望,担心在自己登上火车之前,它就开走了。她看到一群男女登上了前面的车厢,便赶紧跑过去，站在他们身后。他们一个接一个地攀上台阶，她仔细看着，发现每个人在踏上第一级台阶之前，都会抓住门边的铁把手，之前她没注意到它。哈米达伸出右手，用尽全力抓住把手，将自己的身体往前拉，直到踏上第一级台阶。然后她便消失在车厢内。

她在自己见到的第一个座位上坐下，发觉这个座位就在窗边。火车缓慢开动，她往外看去。她极力把头探到窗外，看到母亲时，脖子都僵了。母亲仍然站在老位置上，面无表情，一动不动，一切都凝固在原地：塔哈、头、胸、睫毛，一切。

哈米达刚想喊出声，便想起自己看到的不是母亲，而是一尊在村口站了好多年——究竟有多少年她并不知道——的农妇雕像。她记不起有什么时候没见它站在那里。它一定从来都在那里，早在她出生之前便在那里。

她的头还在窗外，喘了几口气才缓过来。这是她第一次感到脸上有泪，第一次尝到泪水的滋味。但她没动，也没用袖子或裙摆擦掉泪水。她任由泪水从脸上滚落，滚到嘴角时，她便不动声色地舔掉。她一声不吭，眼睛一眨不眨，连睫毛都没有颤动。一切都闯入了漆黑。火车消失于黑暗，与夜色融为一体，就像一滴掉进深海的水。

* * *

哈米达的火车开走时，哈米多还呆呆地躺在草席上睡觉。但他在微弱的光线中隐约看见了父亲的眼睛。父亲身材高大，站得笔直，像扎根大地的尤加利树干。

一阵令人窒息的寒意传遍哈米多小小的身体，令他手脚麻木，仿佛陷入了一场噩梦。他一动不动地躺着，牢牢看向那个面无表情的高大鬼影。不知怎么的，他感到有什么大事发生了，或是即将发生。他屏住呼吸，躲在黑乎乎的脏被单下面，小手紧紧抓着它，盖住自己的脑袋。他的右耳贴在硬邦邦的枕头上，随着心跳声不住地颤抖。

那长长的手指好像随时都可能伸向他，扯掉被单，暴露他的脑袋。那双瞪大的眼睛可能会盯着他的眼睛，而他的眼里会映出不祥的征兆。然而，被单没被掀开，依然紧紧地盖着他的脑袋。寂静中他能听见自己的心跳在房间里回荡。尽管周围一片漆黑，他却能看到自己的胸口随呼吸微微起伏，几乎难以察觉，就像月黑无风的夜晚，树梢在轻轻抖动。此刻正是夜晚与白天交替的刹那，在曙光出现、黑夜散尽之前，黑暗就像哈米多脏兮兮的被单，包裹住天地。黑暗慢慢消散，如同一条大鱼，游在无垠的海中，海洋深处便是村里的小泥屋，许多泥屋挤在一起，像一大堆牛粪。

哈米多睁开眼睛时，屋里已满是阳光。他确信眼中的一切只是梦一场。他从席子上跳起来，跑到街上。他的朋友们——邻居家的孩子们——跟往常一样，在砖墙间的窄巷里玩耍。每个孩子都紧紧抓着另一个孩子的长袍，形成一列边舞蹈边鸣笛的火车。然后他们会四下散开，开始捉迷藏，他们把自己藏在粪堆里、畜栏里、一户人家的大水缸后面，或是炉口里。

他看到哈米达也在其中，她跑向一个粪堆，想把自己藏起来。她蹲了下来，这样脑袋就不会从粪堆后面露出来。不过他能看到她雪白的大腿，大腿中间露出一条窄窄的褐色粗布内裤。她想把一头柔软的黑发藏在土堆里，这样就不会被人看到，但哈米多立刻发现了她。这回轮到他找人，于是他跳起来，向她奔去，光脚搅起一股灰尘。

他盯着粪堆，假装没看到她。他蹑手蹑脚地往前走，缓慢而小心，然后突然转弯，仿佛想把自己藏在粪堆后面。接着他一跳——只这么一跳，像豹子一样——抓住了她的头发。他的另一只手以闪电般的速度出击，先是抓住了她的大腿，然后用僵硬的小手指拉住她的内裤。不过哈米达又踢又撞——每次有人找到她，她都会这样——便从哈米多手中脱了身，跑向另一个粪堆，在后面躲好。

哈米达不是唯一在玩捉迷藏的人，全村的孩子都加入了这个游戏。女孩们会跑到某个地方躲起来，她们蹲下来藏好，光着雪白的大腿，露出廉价的脏内裤，看起来就像大腿之间的黑色细条纹。寻找者——不管是谁——会一把抓住那条布，试图将内裤拉下来。女孩们会熟练地踢腿反击。寻找者也不屈服，立刻以牙还牙。一场小规模的战斗一触即发，那是几乎难以察觉的冲突，因为粪堆遮蔽了两个小小的身体。不过，人们可以看见四只柔软的小脚从粪堆后伸出来。女孩的脚跟男孩的脚难分彼此，因为只有从鞋子上才能看出性别。孩子们光着的脚——跟脸一样——不分性别。

她一脚将哈米多击退，他仰面倒在地上，不过很快恢复了平衡，她也是。他站起来时看到了她的脸。这不是哈米达。他扫视周围，将每个孩子的脸都看了一遍。他跑回家找她——到畜栏里，到炉口里，到水缸后，到席子下。他跑出家门找她——到粪堆后，到树干后，到椰枣树上，到村里灌溉渠的堤岸下。白天过去，夜晚降临，他还是没能找到她的踪影。

他站在渠堤下，凝视着黑暗。渠水迟滞，混着泥污，水面映出了他孤独的影子。那是一个孩子的影子，可他的脸不再像孩子一样光滑、柔软、不辨性别。要是水面清澈，跟活水一般安宁纯净，也许就能形成一面清晰的镜子，将他的脸照得更加清楚。但这条渠跟所有的灌溉渠一样，泥土淤塞，水流滞缓，执着而曲折地流着，水面起皱，像老人的皮肤。

他面无表情地盯着黑暗，眼睛似乎变大了，也成熟了，一眨不眨。平生第一次，一颗硕大的泪珠凝在眼前。从前，他的眼泪一直是孩子的泪，不停地滚落，折射出星光，闪烁的泪光与灵动的微笑同样散发着光芒。

但此刻，不会有人看错。身体牢牢扎根于渠堤上的正是哈米多。这不是一个孩子，这颗硕大的泪珠也不是孩子的泪。这是一颗真正的热泪，真切地滚落脸庞，咸咸地流入口中。

这是真正的"一粒盐"。哈米达不在，哈米多便不知道该如何生活，因为哈米达不是普通的姐姐，她是他的同卵双胞胎[1]。他们曾是同一个胚胎，在一个子宫里长大。最初他们是同一个细胞，一个整体。后来一切一分为二，即使是眼下肌肉这样细微的特征。没人能区分哈米多与哈米达。甚至母亲也曾将他们弄混。

不过，哈米多知道他跟哈米达不一样。自他们出生起，自他的身体与哈米达分离起，他便知道这一点。他们的确非常相像，很容易被混淆，甚至有时候他自己也糊涂了，以为自己就是哈米达。他会藏在墙后，掀起长袍，直到能看见自己的下身。当他的目光落在那道小小

---

[1] 双胞胎分为同卵双胞胎和异卵双胞胎。一男一女的双胞胎通常是异卵双胞胎，同卵的情况非常罕见。——编者注

的细缝上，他以为自己就是哈米达。这时，一只大手紧紧握着一根棍子，棍子落到他头上，他慌忙拉下长袍，遮好身体，大哭起来。但孩子的泪总是去得很快。他发觉棍子被扔在地上，便跑过去将它捡起来，塞进长袍深深的口袋里。他不时将手插进口袋，摸索着那根棍子。它的硬度爬进手指，蔓延到手臂和脖子上，他绷紧颈上的肌肉，把头往后一仰，学着父亲的动作。他试着用喉咙发声，发出父亲那种沙哑低沉的声音。

哈米达每次听到弟弟这样粗声粗气地讲话，便知道他手里握着棍子。她当然没看到过那根棍子，不过她知道他把它藏在长袍底下。她会逃跑，哈米多会追上去。在外人看来，他们似乎在玩耍，但哈米多不是孩子，他在长袍的口袋里藏了一样东西，一样坚硬的东西，它垂在他的大腿上，就像一条义肢。

此刻若是哈米达看向他，见到他的脸，也不会知道站在那里的就是哈米多。惊讶会令她停止奔跑——也许是恐惧令她定在原地，仿佛一尊雕像。哈米多会张开手掌，抚摸着雕像的表面，触碰石雕的眼皮，用手指在眼皮与眼球之间戳来戳去，就像孩子们把玩新玩具娃娃的脑袋时那样，尤其是面对这样一个巨大的玩具娃娃，它有头发，有眼皮，栩栩如生。

哈米多从未玩过娃娃，大的小的都没有。农家小孩不玩商店里买来的娃娃，不玩家里自制的布娃娃，不玩玩具火车，不玩纸船，也不玩球，不玩任何东西。事实上，他们不知道什么叫玩。毕竟玩耍是孩子的事，而他们不算。他们一生下来就已长大，就像幼虫，刚触地便会飞行，就像在陈奶酪里繁殖与生长的虫子，新虫刚离开母亲，便与成虫难分彼此。

哈米多看到了哈米达的脸，她远远地从渠堤上走来，他的心因孩童原始的喜悦而怦怦直跳。然而当她走近时，他认出了母亲裹住脑袋、垂在身上的黑色塔哈。他跑向她，把头靠在她的肚子上：哈米多在母亲身边站直，头顶刚及她的腰。他的鼻子里满是母亲身上的独特味道，混合着烤面包、泥土和无花果的味道。他喜欢无花果。每当看到母亲劳作归来，塔哈里包着无花果，他就会奔向她。她跟他一起坐在地上，吹掉无花果上的灰尘，一颗接一颗地递给他。

母亲用一只手推开他。他就又贴上去，执着地靠着她的身体，把头埋进她的怀里。每天晚上他睡在母亲身边时，就喜欢把头靠在这里。尽管她会睡到席子的另一头，离他远远的，但他习惯在夜里醒来，看到她不在身边，便会爬过去，把头埋进她的怀里。

她也不会总把他推开。有时她会伸出手臂，将他抱住，把他的头紧紧按在自己身上，几乎会弄疼他。他心中闪过一种神秘而模糊的感觉，仿佛她不是他的母亲——也不是他的姨妈或其他某个亲戚——而是一个陌生人。这种陌生感从身体爬往内心深处，他的身体像发烧一样剧烈地颤抖。

他抖得厉害，便抱住了她，然而他感到她用有力的大手——跟他父亲的手一样有力——将他推开，这一推非常用力，险些让他跌进堤岸敞开的怀抱。他抬起脸，看向她，却看到了父亲瞪大的老眼，眼白上布满血丝。他抖得更厉害了。他太害怕了，想张嘴大叫，但父亲用大手捂住了他的嘴，这时父亲嘶哑的声音听起来像轻微的嘶嘶声：

"跟我来。"

此刻没有月亮，微弱的曙光也没出现，夜里一片漆黑。整个村庄都在沉睡。在黑夜与白天交替的瞬间,在晨祷的召唤响起之前,村庄悄无声息。父亲赤着大脚,在尘土飞扬的地上小跑起来,哈米多紧紧跟着父亲,几乎可以触到父亲长袍的下摆。

他刚想开口向父亲道出心中的疑惑,父亲却突然在一堵矮墙前停下了。这堵矮墙隔开了村子的主路与铁轨,哈米多认识它:以前玩捉迷藏时,他常常躲在墙后。父亲递给他一个长长的东西,它坚硬而锋利,像是一把刀,在黑夜中闪闪发亮。

他把刀子插进长袍,刀子掉进了口袋深处,贴着大腿垂下来。他感到锋利的刀尖抵着他的肉,大腿、小腿和脚上的肌肉都紧张起来,他牢牢地站在地上。火车鸣笛时无比刺耳,脚下的大地开始有摇撼,他便把脚步扎得更稳,以防晃动,就像一匹倔强的野马。然而父亲的大手用力推了一下他的脊背,沙哑低沉的声音再次传来,像嘶嘶声:

"只有鲜血能洗刷耻辱。去吧,追上她。"

于是哈米多冲向驶来的火车,又突然停下,转过身来。他看到,父亲仍然站在那里,脚下像是生了根,面无表情,一动不动。父亲的眼睛一眨不眨,眼白上的血丝也冻结住了,就像被精心绘制在一幅画上。

* * *

弟弟踏上火车时,哈米达已下了车,走上站台。她似乎沉入了一片大海,一片汹涌的人海:男人、女人、小孩,人人都穿着结实的皮靴。汽车排着长队,在哈米达眼中就像列车,它们川流不息,沿着闪闪发光的街道前行。街道一尘不染,通向四面八方,然后再次分岔,无尽延伸,就像一棵大树,一边高高地将树冠直插云霄,一边牢牢地扎根大地。这里的房屋挤挤挨挨,高耸入云,遮蔽了天空。行人的喧嚣和汽车的喇叭震耳欲聋,哈米达什么都听不见了。她不知不觉地走上了沥青路,一只脚跟着另一只脚,这是人类自幼学会的本能动作。哈米达不知道要去哪里,也许就要这样机械地走到天荒地老。她不知道这条路的起点,也不知道它将带她去往何方。

一只沉重的皮鞋踩到了她的左脚，差点将它踩碎。她的动作被打断了，立刻跌跌撞撞地往后退，却发现一辆巨大的汽车朝她驶来。哈米达张开嘴尖叫起来，她的声音被压抑了太久，这一声长长的尖叫跟两三声尖叫一样长，也许抵得上十声、一百声或者一千声，持续不断，仿佛会一直响下去。

喧嚣吞没了她的尖叫，就像海浪吞下一滴水、一根稻草、一只蝴蝶或一只尚未学会飞翔的小鸟。没人听到她的声音，她的尖叫没能改变任何东西。她周围的世界依然汹涌，就像一面咆哮的瀑布，撕裂鳄鱼，击碎船只，浪花丝毫未受影响，水面依旧洁白如常。

哈米达拖着伤脚，一瘸一拐地走到墙边，那里有个可供躲藏的角落，离车辆和行人较远。她把头靠在墙上，盯着前方，一切都很朦胧，仿佛置身梦境，也许是一场噩梦，她很快就能醒来，像小鸟一样从席子上跳起来。她用手支撑着自己的身体，想站起来。然而她的手扫过自己的肚子，薄雾霎时消散，一切明了，这不是出于理性思考，而是出自本能，出自一种精疲力竭或极度疲惫时产生的神秘的理解力。

她睡着了，醒来时很饿。她注意到旁边就有一家面包店，门口——离她非常近——精心摆放着一排排面包。她伸出纤细的手臂，用手指捏住一块面包，将它放入口中。她刚要咬下去，一只大手就抓住了她的手臂。

她猛地吸了一口气，胸脯鼓起来，露出小小的乳房，像两颗橄榄，藏在宽松的长袍下面。像气球般隆起的肚子也露了出来。黑色的塔哈依然盖着她的脑袋和头发，从肩膀一直垂到后背，刚及她小巧圆润的臀部。

她的目光惊恐地向上攀爬，直到遇上一双直直地盯着自己的眼睛。她拉了拉塔哈，遮住自己的半张脸，她曾看到村里的女人这么做。现在她只露出一只眼睛，它又黑又大，徒作挣扎的眼神中依然闪烁着孩童的纯真光芒：那眼睛从前一直紧闭，现在它睁开了，第一次打量这个无边无际的世界。眼周的肌肉绷得紧紧的，像一个问号，流露着她的恐惧。眼角干透的眼泪结成了膜，像一片薄薄的云，挂在那里。她感到一种全新的感觉爬上了自己的脸庞，从鼻梁到眼睛：她意识到自己是个女人，女性气质尚未完全显现的女人。没人告诉过她这一点，是她自己发现的，就在几分钟前，她发现自己成了一个正在走向成熟的新鲜水果，身上还沾着露水。

她躲开那只大手，设法跑掉了。那个人在她身后追赶。她拐到一条街上，那里有许多扇门，她找了一扇躲起来。她探出脑袋，发现外面没人，以为自己安全了。但那条长长的胳膊不知道从哪里冒了出来，从后面抓住了她的脖子。她耳中传来一阵粗暴的声音。

"这下抓住你了，小毛贼！你被逮捕了。走吧，走我前面，去警察局。"

她屈服了，就让自己白皙纤细的手臂被他抓着。抓着她的手又粗又大，青筋毕露。光秃秃的指甲里嵌了一层污垢。她的目光顺着长长的胳膊爬上去：肩膀很宽，每边各有五颗与肩平行的铜扣，中间是一个壮实的脖子，高领的内缘被汗污染黑了。领口刚好包住他的脖子，胸前是一排纽扣，一共十颗。哈米达在义务教育期间学了一点算术，于是她开始数扣子。每边的肩膀上有五颗扣子，所以肩膀上一共有十颗扣子，加上胸前的十颗：总共有二十颗扣子。

此刻已是正午，骄阳似火。火红的太阳反射在圆圆的铜扣上，成了二十个太阳，叫人一看就流泪。没法盯着扣子了，她便垂下目光，看着地面。可她光脚踩着的大地似乎在燃烧，她从未感到脚下如此滚烫。他的高筒靴敲击着地面，发出一种奇怪的声响，好像铁板相撞的声音。他大步流星，每一步都稳稳地落在沥青路上。脚上的腿裹在裤子里，裤子的布料很厚，上面有个圆拱似的深口袋，袋子里藏着一个利器，它贴着大腿垂下来。

他们从宽阔的马路拐上窄窄的小街，长长的手指依然紧紧抓着她的手臂。然而，现在五根手指只剩下四根。第五根手指离开另外的手指，偷偷向上移动，小心地将自己粗糙肮脏的指尖戳进她柔软的腋窝，这个小孩似的腋窝尚未长出毛发。

她想把手臂抽走，可那四根手指加了把劲，把她的上臂钳得更紧，快要嵌进柔软的肉里了，第五根手指从腋窝底下移出来，脏脏的指尖触到了她乳房上柔软的隆起——那还只是一个蓓蕾，手指颤抖着，小心地按在上面，走过街角或墙后时用力一些，走在马路中央时轻一些或是不用力，偶然路过人群时，第五根手指会迅速撤回，跟它的另外四个兄弟待在一起。

一阵恶臭钻进她的鼻子，她发现自己置身一条阴暗的窄巷,看到他在一扇小木门前停下。他从口袋里掏出一把钥匙,打开了门,推着她进了屋子,然后关上了门。

一开始她什么也看不见,因为周围一片漆黑。他点燃一盏煤油灯,光秃秃的地砖立刻被照亮了,角落里有一小块地毯,令她想起家里的席子。房间逼仄,只有一扇带铁栅栏的小窗,开在高高的墙上,窗台上有一只水罐。微弱的光线下,墙壁看起来是灰色的,被煤烟熏黑了。墙上有颗钉子,钉子上挂着一套厚布衣服。衣服的胸口与宽宽的垫肩上都有黄澄澄的铜扣,这些扣子在黑暗中闪闪发光,像染上了病毒性肝炎的眼睛,灼烈地圆睁着。地上有一只巨大的高筒靴,像一只无头动物,靴子旁边扔着一条松垮的白短裤,裤子后面是黄色的,前面发黑,散发着尿味。

她从地砖上抬起头,见他一丝不挂地站在那里。他宽宽的肩膀变窄了——又瘦又平,锁骨尖锐地凸起。壮硕的裤腿变成了弯弯的瘦腿。一双大脚之前高高地飘浮着,现在紧贴地砖。藏在口袋里的利器现在已经露了出来。

她倒吸一口凉气,惊讶中透露出恐惧。他把她推到地上，用粗大的手指撕开她长袍的领口，本就褴褛的外衣从前面一分为二地裂开，底下没有内衣。

"你是谁？"她问道，声音沙哑而虚弱。

"我是政府。"

"真主保佑你——让我走吧。"

他的语气还是那样粗暴傲慢："走去哪里，小姑娘？你已经犯了罪。"

事情就这样发生了，伴随着极快的喘息、肌肉的抽搐，那种飞快的速度只在梦里才会出现。然而这次没有任何置身梦境的错觉：不再是店主用棍子揍她，一个男人就在眼前，他粗糙的胡子摩擦着她的脸，身上的烟味令她窒息，浓密的胸毛因黏稠的汗水贴在了皮肤上。

突然一切停下了：这个静止的瞬间就像死亡的瞬间。她从地砖上抬起头，四下张望。她看见他仰面躺在地上，闭着眼睛，一动不动。她觉得他也许是死了，这时他张开的嘴巴里传来一阵微弱的鼾声，很快就成了病牛拉旧水车的咯吱声。她安静而沉着地从地上站起来，尽力扯拢被撕成两半的长袍，盖住自己的胸脯和肚子，然后蹑手蹑脚地走到门口。她悄悄扭头,看见二十只黄色的眼睛瞪着自己,便赶忙打开门。

眼前便是宽阔的主路。她拔腿就跑,使出浑身的力气,一刻不停地逃走了。

* * *

与此同时,哈米多下了火车。此刻他背对南方,脸朝北方,直直地盯着前面,打量着挤在巴布埃尔哈迪火车站外的面孔,这是开罗的老中央车站。他光着脚踩在沥青路上,刀子藏在长袍的大口袋里,贴着大腿晃来晃去,像一条假肢,或一个刚被移植到他身上的器官。

锋利的刀尖抵着大腿上的肉,他打了个寒战,寒意传到了脖子和头上。他跌跌撞撞,周围都是沉重的皮鞋,他差点摔倒,不过立刻绷紧腿上的肌肉,稳住了自己。他的目光迷失在巨大而汹涌的海洋里:随高耸的楼顶上升,随发光的沥青路上反射的阳光下沉,随无数车辆一起打转,车流中央矗立着一尊巨大的石像。石像旁边围着一排又一排的行人、旗帜、车辆,一圈又一圈,然后它们分流成无数直线，这些直线会再次弯曲，涌进另一个圆圈，然后分流，形成更多分支，分散、聚合，然后再分散，无穷无尽。

他用手捂住眼睛，把头靠在一根灯柱上。困意席卷，他无力抵抗，便站着打起了瞌睡。一阵低沉的声音惊醒了他。他环顾四周，发现林荫大道笼罩在夜色之中，此刻路上安静空旷，没有行人，也没有车。他用锐利的眼神凝视黑暗，看到一个黑影在远处奔跑，它光着脚，长袍不够宽松，没法遮住隆起的肚子。

"哈米达！"他用气声念出她的名字，微微张开的嘴唇里喷出克制的呼吸，然后他跑到沥青路上，左手防御，举在身前，在黑暗中挥舞，右手伸进口袋，摩挲着锋利的刀刃。黑影在一个黑暗的角落里停了下来。哈米多小心翼翼地慢慢逼近，直到他们之间只剩下一步之遥。他听到一个沙哑的声音响起，声音很低，更像一阵嘶嘶声。

"只有鲜血能洗刷耻辱。"

他从口袋里抽出武器，把它藏在背后。突然，一盏移动的探照灯照亮了黑暗的角落，他看到母亲的脸藏在黑色的塔哈下。他尖叫起来，叫声划破夜幕，探照灯停在他的脸上。有人走上前来,黑暗中他看不清那人的眼睛。不过他能看到那人肩上和胸前的眼睛——两排眼睛,圆圆的,瞪得大大的,泛着黄光。

问题刚到嘴边,一只粗糙的大手就落到了他的太阳穴上,接着第二记耳光扇过另一边的太阳穴。他抬起手臂抵挡,却被五根手指紧紧钳住。他本能地抬起另一只手,想保护自己,一根木棍出现在空中,砸在了他的头上。

哈米多醒来时头痛欲裂。他伸手摸头,触到了头发里的伤口,伤口上的血渍已经凝固。他挠挠伤口,血痂掉了下来,掉在一双巨大的高筒皮靴旁边,靴筒上盖着厚布裤筒。这双腿看起来长得惊人,他发觉,这双腿通往一个结实的胸膛。胸前和肩上有两排圆圆的黄色扣子,上面映着微弱的灯光。

巨大的靴子踩在干了的血渍上,残酷地将它碾在脚下。随着靴子落在地板上的声音,一个刺耳的声音在空中响起。

"姓名?"

"哈米多。"

锋利的剃刀刮过他的头皮，浓密的头发跟他的长袍一起，被扔到了垃圾桶里。清晨的阳光斜射进来，他看到地上有个肩膀很宽、个头很高的影子跟着自己。影子停了下来。他往前走，影子也往前走。脚落在地上，发出一种奇怪的金属声，这声音跟以前自己赤脚走在路上的声音不一样。他看看自己的脚，看到了一双巨大沉重的高筒皮靴。他还看到一条厚布裤子。裤子和靴子里正是他那纤瘦的双腿，往上则是一个宽阔方正的胸膛，胸前系着一排铜扣，再往上是宽宽的肩膀，肩上垫着棉花，或是稻草。

　　他穿着新靴子踱来踱去，步伐缓慢而胆怯。每只靴子里都有一只瘦骨嶙峋的小脚，它在厚厚的皮革下蜷缩着，脚趾又瘦又白，脚上毫无血色，无法动弹，像是死了，或是快死了，在靴子里一动不动。靴子带着脚一起移动，举起来，放下去，一步一步走在地上。每走一步，嵌着铁钉的鞋底都会砰砰作响，缓慢地发出金属般的沉闷声响，就像一只病弱的小牛被赶去屠宰场时的蹄声。

　　他停了下来，黑影也停了下来，分毫不差地映在地上。剃光的脑门反射着阳光，眼睛成了两个洞，发出刺眼的光。他绷紧了脖子和背部的肌肉，收紧的腹壁内躺着一只虚空又胀气的胃，只靠黑烟、黑口水和烤得硬硬的干面包充饥，他会用面包蘸蜜糖，佐一片洋葱或一口跟酸黄瓜一样冲的咸菜，与蜜糖的甜味相抵。然后他会用黑烟中和苦味，将它吸进鼻子、嘴巴、气管，直到填满胸腔，压迫胃部，然后他就会像那些吃饱的人一样打起嗝来。

一条细细的鞭子抽在他的颈后，他的脚在地上机械地移动。先迈右脚，再迈左脚，铁钉敲击地面，发出规律的声响，就像钟声或心跳，怦怦怦怦。左，右，左，右。

"停！"响亮刺耳的声音在空中回荡。脚上的靴子咔的一声，碰撞在一起。他并拢双腿，绷紧肌肉。他把右手插进口袋，握着那个杀人工具，它硬硬地贴在他的大腿上，末端是尖利的金属头。

"立正！"刺耳的声音大吼道。

他用右手的手指握紧工具——只用了四根手指，拇指则搁在击锤上。他用一只眼睛瞄准两眼之间的中点。

他张开嘴，开始喘气。然而一只有力的大手打在他的肚子上，刺耳的声音穿透他的耳膜。

"闭上嘴。屏住气。"

他照办了。那个发号施令的嘶哑声音又响了起来。

"只有鲜血能洗刷耻辱。"

于是他扣动扳机。

他听到一声巨响,那是一种他从未听过的声响,一个身体在眼前倒下。一行鲜血从那个身体下面流出,他立刻认出来,那是母羊的血。因为今天是开斋节。他站在原地,没有走开,盯着那双睁开的眼睛,一动不动、没有合上的眼睛。那双眼睛因为恐惧瞪得大大的,凝固着冰冷呆滞的目光。那种恐惧传染了他,他瘦弱的双腿开始在宽大的长袍里面颤抖,他跑到母亲的怀抱里,埋头抽泣。

他用脸蹭着母亲的胸口,擦去自己的泪水。他抬起头,看到了父亲的眼睛,眼睛里布满血丝。他的胸前和肩上缀着铜扣,扣子闪着独特的光芒,嘶哑的声音又恐怖又傲慢,相当刺耳。

"像个女人似的哭鼻子,哼?"

哈米多回到队列里。他直直地站着,眼里映着头顶太阳的红光,因为黑眼珠逃走了,逃到了眼皮底下,藏

51

在阴影里，躲进一个安全而潮湿的地方。沥青路烧得滚烫，仿佛在高温下熔化了。他感觉自己的靴跟慢慢陷进路面，就像陷进了一条松软的泥路。

哈米多停下来拉了一下靴筒，比队列里的人落后了一步。他感到鞭子火辣辣地抽在自己的颈后，便跳起来归队。然而他绊了一跤，脸朝下摔倒了。

他绊倒时，靴子从脚上滑了出去。灼热的空气挤进他的胸腔，形成一个词语，被讲了出来，他意识到那是自己的声音。他发觉这时跌倒在地的是自己的身体，而不是别人的身体，耳内规律的敲击声也正是从自己的胸口发出的。他为能区分自己的身体和母羊的身体而骄傲。

骄傲从他眼里流露出来，虽然他的脸还贴在地上。那个嘶哑的声音响起时，唾沫横飞，落在他的后脑勺上。随之而来的是一声带着女性生殖器官的咒骂，接着是狠狠的一脚，来自那只厚靴子的钝重靴头，这一脚落在他背后，直接踢在了他的肾上。

这种来自硬靴头的踢打力度回回都不一样，我曾见过哈米多被踢完之后立刻爬起来站回队伍，可今天是开斋日。大首领——他的主人——会亲自参加庆典，而不是像往常一样只派代表过来。自然，任何差错——哪怕是踏错一小步——都不可原谅。在这个特殊的日子里，脚下打滑也是严重的失误。踏错一步就会毁掉队形。一个队列不齐，其他队列的队形也就无法保持。这简直会引发灾难。

哈米多眼前的一切变得模糊而扭曲。这并非只是意味着视力受损，他的时间也不多了。在这种重要的日子里，时间的确有限，为了让事情顺利进行下去，每个人都必须加速呼吸。

跟其他人一样，哈米多也开始气喘吁吁，这时有一只眼睛看到了他。在附近的某个地方，总有一只眼睛关注着周围发生的事情。它观察着一切，肆无忌惮地盯着别人的生死，令活人没法享受生活，也让死者不得安宁。哈米多畏缩而笨拙地并拢双腿（此时他已经感到有些害怕），为车队让出空间。不过因为时间紧张，他的右腿没能及时收回，赤脚杵在路上，僵硬的脚趾明显在颤抖，此情此景每个人都看在眼里。

车队受阻，停了下来，这场面可谓空前绝后。因为历史书上从没提到过这种事。不过这也许不足为奇，因为记录下来的历史跟真实的情况其实是两码事。此刻发生的真实事件是如此重大，值得在历史上占据一席之地。可尽管如此，历史并没有为这类重大事件敞开怀抱——尤其是面对哈米多这样的主角。

虽然身边聚集了很多人，但哈米多并不觉得自己是主角。无数人立刻围了上来，大楼的空隙里挤满了人，门和窗户里都塞满了脑袋，人们离开桌椅走出办公楼、关掉店铺，摩肩接踵地欣赏这个奇观。我觉得没人落下——无论男女老幼、尊卑贵贱，因为人人都想找乐子。毕竟找乐子这种寻常消遣是合法的，只要秘密进行就好。

哈米多依然躺在地上，还在原来的位置，闭着眼睛，死亡生效了。尽管如此，他看到身边围着很多很多男人（因为死人的眼睛比活人更尖）。这些人头发剃得很短、制服上有铜扣，当然大腿边还挂着杀人工具，他由此认出他们都是男人。

他想开口为自己辩护，想讲讲自己的故事，从母亲将自己生出来的那天讲起。然而，大首领——他的主人——在场，不是人人都有足够的时间。无论发生什么事，都必须先做出判决，被告要在判决书上签上名字，或是画个押,表明自己已经知晓判决的内容——这天经地义。此外,被告必须遵循判决书上的指令。这些事情做完后,才能腾出充裕的时间给其他事——例如已被宣判的罪犯声称自己无罪,要求上诉。

因此,哈米多立刻被宣判有罪,警方一贯如此高效。这件事记录在案,占了整整一页。法律规定,哈米多在警方的报告上签字或画押之前,必须仔细阅读,因为签字画押代表了他同意这些内容。这份报告字迹潦草,匆匆写就,因此措辞不清,难以辨认。哈米多不懂这些话的意思,而且他还没学过阅读和书写,不过他能从每一行里认出一两个字。令他惊讶的是,警察竟然能够把他从一个无名小卒变成英雄,尽管他的英雄气概已经远远脱离了这个词的内涵,他当着大首领扭动脚趾的行为被当作谋反。哈米多再也难以抑制或隐藏自己的骄傲,他开始扭动自己的脚趾,动作缓慢而庄严,几乎充满了帝王气概。

所有在场的人都举起双手,开始鼓掌,包括位于前排的大首领——他的主人(大首领的动作就像历史的动向,不能忽视群众)。他伸出手臂开始鼓掌,藏在腋下的羊肉三明治掉在了地上。一个在拥挤的人群中一边爬行一边兜售小包瓜子的瘸腿小孩立刻抓起三明治跑了。

哈米多笑了，虽然他完全不明白周围发生的事。那一幕他不是有意为之，不能因此邀功。而且，它并不完美，说明他不仅经验不足，而且缺乏必要的文化底蕴，没有熟读文化遗产。哈米多没有读过那些关于文化遗产的书籍，尤其还没听过柏拉图式的恋爱故事。柏拉图式的恋爱发源于人类的性器官尚未被创造的时期，当时爱情是纯洁的，人类是高贵的。

可是随后亚当犯下了大罪（哈米多的母亲是这么跟他讲的），瞧，他胯下便长出了一个丑陋的器官。这是神的复仇，照哈米多母亲的说法，这很公平。他一边沉思，一边想到了一个之前从未想过的问题（也许因为此刻他的身体已死，所以灵魂有权思考起神圣的问题）。这个问题是：亚当在这个器官尚未被创造时，是怎么犯下大罪的？

哈米多试图不再思考这个问题，因为人们觉得这类问题伤风败俗，尤其现在当着大首领——他的主人——的面。哈米多偷偷瞥了一眼胯下，却没有发现问题中的那个器官。取而代之的是一条小缝,它令哈米多想起自己曾在哈米达身上看到的细缝。他觉得一定出了什么问题:也许死者的身体被弄混了,他们最后分拣尸体时给了他一个女人的身体。最后的分拣必然会出现问题:负责此事的公务员因肺结核而视力不佳。更糟糕的是,他是唯一被派来做这事的人(预算不够增派人手)。从第一张分拣表到最后一张分拣表,所有的名字都由这位公务员负责转录。可是有些名字极其相似,尤其是某些女性的名字只与男性的名字相差一个字,也就是最后那个表明性别的字:阿敏变成了阿敏娜,祖海尔变成了祖海拉,穆菲德变成了穆菲达,以及哈米多变成了哈米达。换句话说,只要笔下一抖,男人就变成了女人。

有时候哈米多喜欢当女人,有时候则非常不乐意。因为那些时候女人需要承担一些丢脸的任务,这些事通常是仆人干的,譬如男人出了卫生间,女人要给他擦鞋;譬如男人躺在床上大声打嗝(大声打嗝是男人的特权),女人要给他倒杯水;女人要给男人洗臭袜子和内裤,后者可能比前者更臭,因为沾了尿,以及肥皂和水也很稀缺。

哈米多也试过改变这种处境。但即便一切顺利，这也并不容易，因为他必须证实自己不是女人。每次他们都会召来法医，法医粗暴地脱掉哈米多脏兮兮的裤子，一边不高兴地嘟囔，一边查看他的胯下。有时法医不会只通过观察来验明真身，而是坚持伸出自己优雅的手——手上的指甲都经过仔细的修剪，查看那个干瘪而受惊的部位。他用一把刻度精准的塑料尺从各个角度测量那个部位，然后掏出自己的派克笔，在专门的本子上记下测好的数值。他将这些数值塞进一个信封，用火漆封住，送往警察局的公民身份档案部。

现在这个部门一片混乱。指纹跟脚印混在一起，这两样也会跟其他身体部位的印模混在一起。数字的第一位跟最后一位混淆不清，某些部分漏掉了，或是写错了位置，另外一些部分字迹模糊。这全赖当时墨水质量太差，因为被掺了水（当时腐败是常事：一瓶墨水能勾兑一桶水）。

就这样，哈米多的身份好多年都没能确定，在这段时间内，没人能得出一个结论，也没人再叫他去做检查。他开始觉得这件事已经翻篇了，这样的事也许不会再发生了。他开始自信地走在大街上,有天甚至进了一家理发店,想剃掉自己的长胡子。他在舒适的转椅上坐下,放松地晃着脚,从桌上的报纸堆里抽出一张,漫不经心地翻起来。然而当他翻到最后一页,便立刻惊讶地瞪大了眼睛。这一页的下面印着他的照片,跟那些女性通缉犯的照片放在一起。当时卖淫还没有被禁,他们把他抓了起来,又将他送回去服役。

* * *

与此同时,哈米达找到了一份体面的工作(那个时候,"体面"指的就是在家里干活)。关于这份工作,她学到的第一课就是:必须称女性为"我的女主人",称男性为"我的男主人"。她发觉,她经过男女主人身边时,头垂得越低,他们就越满意,于是她的上半身便一直弓着。这个家令她不必沦落街头,街上总有男人埋伏着,不停地追赶她。

厨房便是她生活的全部。具体说来,她的生活囿于水池前那块湿答答的地方,小手永远泡在自来水里,无论昼夜,不分冬夏。她的黑眼睛盯着墙壁,眼睛上蒙着一层干结的眼泪,而眼泪不时被愤怒的目光溶解,这个目光像刀子一样锐利,能刺穿墙壁,来到餐厅。它一路披荆斩棘,抵达那张圆餐桌,餐桌旁围绕着九张嘴,鼓鼓的上下腭不停咬合、研磨,牙齿像水车的转盘一样咯咯作响。

水池里堆着空盘,上面凝着油膜,垃圾桶里满是没动过的剩菜,水管里塞着嚼剩的食物。到了夜里,她拖完厨房的地,便往嘴里塞上一大块面包,嚼着一小块肉皮或是一根残留着骨髓的骨头。她身上的长袍湿透了,她就这样坐在厨房门后的木凳上,红肿的手指上渗出跟血一样温热的黄色液体。她侧耳倾听,卧室里传来男性猛烈的喘息,接着是女性温驯的呻吟,以及木床的咯吱声。

她睡觉时,身体的疲惫逐渐消失,手脚的疼痛也得到了缓解,呼吸变得平静,一些熟悉的画面本在黑暗的角落里沉睡,现在它们悄悄在这种平静中穿行。一丝即将耗尽的微光依然在黑暗的角落里摇曳,投下微弱的光亮,令墙壁看起来就像泥砖,泥砖上点缀着黄色稻草的光泽。墙壁上方有个窗户似的圆孔,下方则连接着地面,地面看起来很像那个熟悉的草席。草席的一边睡着她的母亲,她的头上裹着黑色的塔哈,一只手枕在太阳穴下。另一边睡着哈米达,眯着眼睛:在可怕的睡前故事中睡着的孩子,眼睛就是这样的。她嘴巴半开,露出半透明的小牙,最近它们才长出来,取代了乳牙。她的呼吸甘甜烂漫,闻起来就像黎明之前尚未绽放的花朵,还带着露水。在宽松的长袍下面,她不久前刚刚显现的乳房就像两个小小的蓓蕾,突然被一只大手压住,那只大手像斧头一样扁平,偷偷伸到长袍下面,将它从小腿上掀到大腿上。一切都变成了那样东西——店主手里结实的棍子,一记接着一记,落在她的头上、胸口和两腿之间。她无声地尖叫,在夜里暗自闷声抽泣,在黎明之前咽下了眼泪。清晨大家都还没醒,她便将自己的泪水吐进卫生间,坚定地挺直腰杆,看着镜子里哭过的眼睛,疑惑地抬起头。

没人解答她的疑惑。没人理会她微驼的后背、肿胀化脓的手指、用人专用梯上没穿鞋的皲裂脚掌。用人的楼梯曲折盘旋,每个拐角处都有一条宽宽的阴暗缝隙,足以容纳一桩秘密的罪行和一个倾翻的垃圾桶,地板上满是苍蝇和小蟑螂,它们会从门缝底下爬进典雅而讲究的公寓。

不过,哈米达上下楼梯时,不会有人在她身上看出用人的迹象。用人的标志是什么?泪水将她的眼睛冲洗得非常清澈,她的目光直视前方:除了眼睛,其他都不重要。其他的一切都可以溃烂流脓,垃圾也可以一直埋到哈米达的膝盖,那些垃圾是主人吃剩的动物残渣,腐肉的味道比腐菜的味道更臭。哈米达跺跺脚,将臭味踩在脚下,高高地扬起头,她了解别人似乎并不明白的事情。

哈米达发觉,一个人的社会地位越高,产生的垃圾就越多。自然,胃从上面的开口吃得越多,从下面的开口排出的就越多。既然她主人的胃是最大的胃,那么他产生的垃圾也就最丰富。仆人将垃圾拖到垃圾箱里,装甲车将垃圾运到沙漠里一个遥远的地方,在那里,垃圾堆成了高高的金字塔,供眼花缭乱的游人欣赏。

每个街角都有垃圾堆成的小金字塔,不时被周围的老鼠、流浪狗和小猫光顾。它们抬起闪闪发光的眼睛,往上打量。它们的爪子——跟哈米达的手指一样流着脓——迅速而敏捷地翻找着，想找到一块面包以及可以用来蘸面包的尚未腐烂的食物。

哈米达的手指抓到了什么东西，便将它从垃圾堆里抽出来。她摊开手掌，想看看那是什么，然而一道光突然射在她的手上，她躲到墙后。灯光跟着她，在地上投下一道长长的影子：平头、宽肩和一排黄色纽扣勾勒出的轮廓。她立刻认出了他，大声喘着气，听到男主人粗暴的喊声，她睁开了眼睛。

"哈米达！"她看到屠夫赶着一只母羊进了门，想起今天是女主人的忌日。

她的目光遇上了母羊的眼睛。母羊的四只蹄子像在地板上生了根，不肯动弹。哈米达凝视着被一片纯白色包围的黑色瞳仁。眼白上出人意料地覆盖着一层光芒，那光芒在眼睛的表面移动闪烁，就像一颗静止的巨大眼泪，既没蒸发，也没滑落。她惊讶地瞪大了眼睛，惊慌失措，仿佛她突然抬头，却在一面之前未曾存在的镜子里看到了自己的眼睛。

屠夫拉扯系在母羊脖子上的短绳，母羊跟着他往前走，头却拧向身后，因此她依然面向哈米达。屠夫用巨大粗糙的手指掐紧母羊的脖子。母羊前后蹄并用，猛踢屠夫。四只有力的大手冒出来，将她的前后蹄掰开。现在她仰面躺着，惊恐地瞪着大大的黑眼睛，打量着周围的眼睛，想找到母亲的眼睛。不远处，她的母亲一动不动地站着，目光平静而坚定，睫毛没有颤动，盖在头上、肩上和胸上的塔哈也纹丝不动。

瘦小的大腿上有一条修长的肌肉在不断颤抖，这种颤抖一路传到大腿根部。它就位于两腿形成的钝角之间，像孩子张开的嘴，气喘吁吁。它的唇柔软粉红，沾着透明的液体，像孩子的眼泪，液体下面是红红的血色。精巧的舌头也开始颤抖，就像一只待宰小鸟的舌头。

她再次惊慌地抬起眼睛，在周围的人群中寻找母亲的眼睛。母亲用陌生的目光看着她，眼神像刀刃一样冰冷。她转头看天花板，将目光从刀刃上移开，然而刀子慢慢逼近，直到迅速将她劈成了两半。

哈米达没有感觉到疼痛。她的眼睛干干的，顺从地躺在肮脏的地板上，两腿之间流出一条长长的血带，阳光下的血带闪着殷红的光。弯曲的血带了无生气，像一条死蛇的脊背。蚂蚁不知从什么地方冒了出来，密密麻麻地爬上血带。她吹散蚂蚁,灰尘钻进鼻子,她打了个喷嚏,哽在喉咙里的泪水冒出来。她伸出手,把蚂蚁埋进土里。现在血带已被掩埋,原本平整的地面微微隆起,像一个坟墓。她使出浑身的力气,用脚掌按压隆起的坟墓,双脚并用,踩平地面。她站在墙角,扭头看身后,发现没人,便拉起腿上的长袍。那个熟悉的附属物不在那里,她只看到了一条细缝,就像一道愈合的旧伤疤。

她耳边传来熟悉的粗暴嗓音。

"哈米——达。"

她匆忙放下衣服,提起一桶水,浇在母羊身上,冲掉母羊脖子上凝固的血块。她用水冲洗母羊割开的喉管,水像喷泉一样从母羊的嘴巴和鼻子里涌出来。七个孩子快乐地笑着,因为今天是开斋日,母羊已经宰好了,器皿、碗碟已经放在了桌上。

晚餐时间到了,每个人都坐下来吃饭;每个人,除了死在卧室的女主人,以及哈米达。哈米达仍然提着水桶,往尸体上浇水。她往小手上挤满香波,将它涂在厚羊毛上,又把自己小小的手指插进大耳朵,将它清洗干净。她掀开合上的眼皮,洗了洗眼睛,然后洗了洗鼻孔。

接着,她又洗了羊嘴、脖子和羊腿下的黑毛,以及羊的下腹。

她仔细清洗这个动物的蹄子,从上到下,包括胯下。她的眼睛惊讶地瞪大了:母羊的胯下平滑而封闭,没有别的东西,只在最上面有一条像旧伤口的长缝。

她颤抖的手指移到后腿上,她用丝瓜络擦拭羊蹄,蹄子上还沾着一点土:黑色的黏土,上面嵌着黄色的条纹,像是乡村畜栏里铺的稻草。

她又听到了那个严厉而专横的声音,这次是从门外传来的。

"别浪费时间处理蹄子了,我们会把蹄子施舍给那个屠夫的。"

她从书架上面抓过晨报,将蹄子包了起来。她在报纸的头版看到了一张照片。照片上是一堆又圆又胖的脸,她在其中认出了主人的脸。他们围成一圈坐下,面前的餐盘里堆满了食物,高耸如金字塔,闪闪发光的餐刀有条不紊地冲着金字塔俯冲下去,金字塔以极快的速度逐渐变小,直至消失,最后餐盘上只剩下面包屑。

她以为金字塔消失了。但她仔细看了看报纸,发现它们丝毫没变：垒得很高，越往上越窄，塔顶尖尖。不过，现在它们出现在另一个地方，就在母羊的心脏下面。

哈米达的手指划过那颗滑溜溜的心脏。她切开大动脉、劈开心脏时，手里的刀一直在抖，可只有这样才能洗干净心脏的内部。她曾经多少次对鸡、兔、鹅做过同样的事，可母羊的心脏大多了，它依然温热，肌肉还在跳动，将隐秘的震动传到她的指尖。这种震动又传到她的手臂、胸口，直抵她的心脏，现在她的心跳得更快了。

被劈成两半的心脏里掉出一个殷红的血块，它滑过水池的大理石边缘，掉在了她的脚边。她弯腰去捡时，目光被自己小腿上长长的一道红色吸引了。她以为那是一条动脉，然而它在皮肤表面流淌。她用指尖摸了一下，然后把手指移到眼前：手指沾上了鲜血。

她站起来，惊恐的双眼看到了母亲的眼睛：母亲眼里没有恐惧，像微咸水湖一样冷，像坟墓一样安静，以死者的眼神牢牢地盯着她。眼皮在死者的眼睛上垂下，被子盖住了头和身体。她听到母亲微弱的声音从远处传来，仿佛来自地底。

"你成年了，哈米达。"

她的母亲递给她一条褐色棉布短裤。哈米达第一次，也是最后一次亲手将这条短裤穿在自己的长袍底下。事情发生时，它被别人扯去，那双手的手指粗糙扁平，有奇怪的烟味。哈米达熟悉烟草的味道：她曾经去店里帮父兄叔伯或其他男性亲戚买烟草。每当她把烟草凑到鼻子底下，就会打喷嚏和咳嗽。

她咳嗽时嘴角会鼓起，跟父亲一样。她会模仿父亲粗哑的声音，也会像父亲一样站在家门口，骄傲地把头往后一仰，鼓起腮帮，把右手牢牢地撑在自己的臀上。

要是有人在那个时候看到她，会以为她是哈米多。她自己也曾觉得她就是哈米多。她大步流星地走在地上，把长袍拉到自己纤细结实的腿上，然后朝男孩子们奔过去，一边高喊"我是哈米多"。他们会玩警察与强盗，或是火车游戏，一个接一个地抓住身边小孩的衣摆，一边呜呜呜笛，一边在地上狂奔。

夜里火车的笛声会更响。哈米达站在火车旁边，小小的身体颤抖着。黑暗在她身后变得愈加浓稠，慢慢变成一只有力的大手，把她往前推。哈米达在黑暗中往前冲，然而黑暗几乎立刻裂开，露出了十只像铜扣一样闪闪发光的黄眼睛,还有一把藏在长腿边的尖利白刃。她用黑色的塔哈裹好自己的脑袋、肩膀、胸脯和肚子,滑入暗夜,仿佛她就是黑夜的一部分。然而,长腿提着利刃在她身后追赶,大脚走在地上,如铁器相撞,咔咔作响。

* * *

哈米多依旧在服役。他的鞋跟嵌了铁钉,缓慢而沉重地敲击着地面,像中暑的骡子的蹄子。开罗八月的一个正午,骄阳似火。哈米多的头发剃光了,脑袋似乎很招火红圆盘的喜欢,因为它就映在他的头顶。火焰在他的颅骨内聚积,眼睛和鼻子只不过是排火孔。耳朵、嘴巴、肛门——身上的一切窍穴都在喷出红色的火焰,凝成滚热的小硬块,就像凝固的血块。

他盯着圆圆的红太阳时,太阳变成了两个红色圆盘,圆盘里是黑色的球体,就像瞳仁,周围是一圈纯白,跟小孩子的眼睛一样。他盯着那双眼睛,认出了它独特的光芒,他喊道:"哈米达!"他从大腿边抽出坚硬的杀人工具，瞄准两眼之间的中点。他听到父亲粗哑的声音。

"开枪。"

他便开枪了。

那个身体倒下了，沾满鲜血，睁着眼睛，盯着天空。天空挤满了神灵，他们盘腿坐下，上面那条腿从云层里垂下来（因此能被人看见），像钟摆一样规律地晃荡。太阳不见了，夜幕降临，有音乐传来，那是庆祝胜利的国歌。人们举起双手鼓掌，将尸体抬起来。死者的鼻子扫过某位神明的脚掌，闻到了熟悉的味道，显然脚的主人没洗脚。死者将鼻子从神明身上移开，喧闹声四起，黑色护甲裂开，露出了战死沙场的勋章。

死者伸手去接勋章，手上满是黑斑（因为血已经干了）。另一只手——一只干干净净、剪过指甲的手——突然伸过来，抢走了勋章。死者挥舞手臂，在空中发泄着怒气；黑暗中亮起了许多探照灯，它们从灯口凸起，黄光的光亮呈球形，看起来就像铜扣。

哈米多困惑地张开口，他的尸体倒在许多长腿之间，腿主人胯下挂着坚硬的杀人武器。他光着的那只脚被又高又重的长筒靴踩烂了。地面变得软绵绵的，他的另一只脚陷进地里。接着他的腿也开始下沉，先是膝盖没入土中，然后到了大腿根部，到了肚子中间。慢慢地，他一半的胸脯都陷入了土中。大地的拳头捏住了他的脖子，地面之上，他的头无力地垂着。他发觉大地温暖柔软，就像母亲的胸口，于是他将脑袋埋进她的胸脯，将鼻子挤到她左胸下方，这是他最钟爱的安全的老地方。然而母亲用有力的手推开了他，那只手就跟父亲的手一样有力。他抬起头，看到了父亲的大手，长长的手指抓着勋章，布满红血丝的黑色大眼直直地盯着哈米多。哈米多伸出手去，尽管拥挤的人群令空间逼仄，难以移动，然而他的手还是悬在空中。很多双眼睛盯着他沾了鲜血的手指，没人与他握手（那个时候，人们鄙夷被杀者，敬重杀人者）。

　　哈米多不是杀人者。的确，是他瞄准了两眼之间的中点，是他扣动了扳机，是他杀了人。然而他虽杀了人，却不会成为杀人者。因为杀人者虽沾上耻辱，双手却是清清白白。

　　犯下耻辱的不是哈米多。他只需将它洗去（特殊领域的专业分工是进步的标志，因此有些人只管行事，另一些人负责清洗)。

他倒出桶里的水,仔细清洗每个部位:头发、脑袋、手臂、腿、蹄子周围的皮肤。他听到一个盛气凌人的声音从屋里的某个地方传来:

"蹄子拿走——归你了。"

于是蹄子被包在一张报纸里,以"布施[1]"的名义永载史册。哈米多将它们夹在腋下,走在街上,显然以此为傲。他不时朝腋下瞥上一眼,厚厚的黑羊毛裂开了,露出一张毫无血色的白脸,死气沉沉的眼睛瞪着天空。

出于本能的好奇,哈米多看向天空。一颗孤独炽热的星星引起了他的注意,它细长的尾巴在黑暗中移动,就像一道尚未凝固的血线。接着一阵微风吹来,将血吹干,星星变暗了,无垠的天空一派死寂,密不透风。

哈米多的头垂到了胸口,他的眼里涌出一股热流,滑过脸颊,钻进嘴角,流到舌头下面,跟熟悉的腌菜一样咸。

---

1 布施(alms),也叫天课,伊斯兰教规定教众要向穷人布施。

他咬紧牙关，吞下苦果。他感到厌恶，却无处躲避。它攻进他身上的所有通道与孔洞，将又苦又咸的味道注射进皮肤的缝隙和肉体的窍穴，聚积在身体的深处，日复一日，年复一年，于是他的体内变得腐臭黏滑，如一坛发霉的陈年奶酪。他吸入满口浓烟，吐出肺中的空气，只吞下烟雾。

哈米达熟悉烟味，她曾经去店里买烟草。但这回的烟味不一样，混杂着某种陌生的味道。不过这味道令她想起男主人刮完胡须后厕所的味道。她用小小的手指给他递上毛巾时，能看到镜子里他的眼睛：眼白与瞳仁都瞪得很大，发出黄铜似的黄光。

黄光发现了她，便停留在她身上，尽管她躲在厨房门后。她小小的身体缩进潮湿的长袍，肩膀高低不平，左肩比右肩高一些。菜篮的重量拽着她的右臂，压低了她右边的身体。

她左脚的脚趾几乎没有触碰滚烫的沥青，而右脚也只有赤裸的脚跟擦过地面。看到她的人也许会觉得她瘸了。不过哈米达没瘸：她只是饿了。于是她把手伸进篮子，纤细的手指滑过蔬菜，直至触到一块鲜肉。她撕下一小块，在被人看到之前，迅速塞进牙间。

哈米达的牙齿又小又白，却很尖利，可以咬断生肉，嚼碎骨头。她的牙齿是远古的牙齿，生于刀叉和其他现代餐具还未发明的几个世纪之前（就是因为这些餐具，她主人的牙齿不再尖利，牙龈也患了脓漏）。她的眼睛也原始而锐利，可以看到远处的物体，她的耳朵能将一切声响尽收耳中，无论多远（这种能力她的主人也不复拥有，因为秘密警察发明了窃听器）。

哈米达听到有人说话，便抬起眼睛，她看到，女主人的脑袋出现在楼上装饰繁复的窗户后面，正向外探看。由于女主人站得很高，脑袋看起来只有针头那么大。然而哈米达能将她看得很清楚，还看到鼻毛浓密的大鼻孔下有条肌肉在抽搐。她看到鼻毛在颤动，便意识到女主人闻到了她刚刚嚼碎的肉。哈米达当然矢口否认，很不幸的是，她的牙缝里塞了一点肉屑。女主人用柔嫩的手指抓起镊子，将肉屑夹了出来。在耀眼的阳光下，女主人戴上眼镜，仔细研究手心里的那点肉屑。

这天女主人没有打她。丰盛的午餐后，男女主人之间爆发了争吵。最后他们同意，在监管仆人方面，男主人跟女主人享有同等的权利。于是，这次轮到男主人实施惩罚。

哈米达躺在厨房的地面上。沉重的脚步声渐近，她闭上眼等着。修剪过指甲的长手指掀开她潮湿的长袍，露出她小小的腿和臀部，以及一半的后背与腹部。黄眼睛里射出黄铜般的光亮，盯着她的腹部：肚子上绷紧的肌肉有力地收缩着，底下是两条灵巧有力的大腿，朝着各个方向全力反抗踢打。她的小脚抵在他松弛鼓起的胖肚子上。他抓住她的脚，第一次知道女人的脚长什么样。这只脚有脚趾，五个脚趾，彼此分开。她的女主人没有脚趾，或者更确切地说，她的脚趾粘在一起，是一团柔软的肉，就像骆驼蹄子。

他用手摸她的大腿，感到掌下的肌肉在剧烈跳动。女主人的肌肉从未动过，那些肌肉僵硬沉默，毫不抵抗，仿佛他的手指陷进了一袋棉花（这倒不奇怪，因为女主人不久前已经死在了卧室里）。

这个鲜活肉体的动作令他目眩神迷，他就像一只常年啃噬残骸的野猪，突然从荒地里跑了出来。他兴奋地战栗着，衣服从身上掉落。他温暖的身体擦着冰冷的地砖，地砖还是湿的，因为刚刚拖过。他疲软无力的肌肉抽搐着，脊柱里传过一道电流。他的所有感官都嗅到了生命的活力，连鼻子都在颤抖，大鼻孔里钻进一丝水池底下垃圾的味道。他深深地吸了一口气，胸腔里满是腐烂的味道。这种味道传遍他的全身，令他想起童年时代体验到的第一次性快感。

而哈米达缩在角落里，紧贴墙壁，浑身颤抖，想起了第一次被打的时候。她惊慌失措的黑眼睛紧紧盯着结实的竹棍。他把它藏在衣服里面，也许是藏在身后，现在他在她面前挥动棒子，那根棒子又挺又硬。眨眼间，他用它瞄准哈米达两眼之间的中点，扣动了扳机。

哈米达尖叫起来。她的声音像射出的子弹，在寂静的黑夜里回荡。女主人在她的丝绸寿衣里辗转反侧。一些睡得很浅的人从床上跳起来，开了灯。关着的门窗被打开了，人们的脖子从里面探了出来。

然而骚动很快平息。厨房由四面墙、天花板与一扇门构成，门上安了钢锁和钢链。一切归于平静。灯灭了，门窗上了锁。一切都关上了，也锁好了。周围一片寂静，黑暗在厨房的地砖上聚积，门后的角落里夜色更浓，一个小小的身体赤裸着,身下流出一条细长的血线,一双泪汪汪的大眼在黑夜里闪着孩子似的光芒。

* * *

哈米多自幼就能远远地认出这种特殊的光芒,它像星光一样,一直吸引着他。漆黑的天空密不透风,一颗孤独的星星清醒而机警地躺在夜幕中,哈米多在黑暗中独自走在沥青路上,抬头望着星星,手臂抱在胸前,手上的黑色血渍清晰可见。他的手指染上了烟草的褐色,指甲变成了泥土的颜色。他的咳嗽撕碎了夜晚,白色的唾沫划破了黑暗,变成球状,落在沥青上,像一团带着血丝的白肉,落在他的脚边。

他们循着一路的血迹抓到了他,再次把他送去服役。医生用自己精心修剪过的指尖掀开他的棉内裤,死尸的味道传遍了房间,他别过脸去。他用派克笔写下诊断结果:"只适合家政服务。"于是,哈米多成了老式的家仆。

他们拿走了哈米达短暂保存过的东西:钉着铁钉的皮靴、肩部垫了棉花和稻草的制服、黄色的铜扣(肩膀每侧各五颗，胸口有十颗），以及宽皮带，上面还挂着刀鞘，刀鞘里面藏着锋利的刀片。

哈米多在黑暗中探看自己的身体。他发现身上穿着一件宽松的旧长袍，它像女式长袍一样，松松地遮住了他的大腿。如今他肩膀瘦削，两边不再水平，就像天平两端的托盘，上面放了重量不等的货物。他的右手比左手低，拽得脑袋和身体一起往右侧倾斜。这个毛病的成因很简单，众所周知：家仆会用右手提菜篮。菜篮总是很重，里面装满土豆、番茄和洋蓟，篮子底部躺着刚宰的禽畜，温热的鲜血从白蜡纸里渗了出来，禽畜的心脏还在微微跳动，乌黑的眼睛睁着，看向天空，泪光在黑暗中闪烁，就像小孩子的眼睛。

哈米多困惑地看着孩子的眼睛，眼里的光芒不像孩子眼里的光，而是闪着黄铜般的光，看上去更像大人的眼睛。孩子爬到哈米多身上，大腿贴着他的后背，膝盖架在脖子两侧，鞋跟抵着哈米多的肚子。

小孩子晃着腿，像骑驴似的。哈米多手脚并用地往前爬，背上的孩子快乐地摇晃着，他手里紧紧捏着一根竹棍。太阳刚好落在两眼之间的中点，街道成了一块烧红的沥青,上面压着火红的卵石,其中一块刺进了哈米多的右膝,他停下来咳嗽,胸口的肌肉却使不上力。

他的头几乎垂到了胸口,让他看起来真像一只病驴了。孩子的鞋尖像刀尖一样锋利,用力蹬着他的肚子,他想大喊,可肚子上的肌肉也使不上力,他叫不出声。他抱住肚子,避开鞋子的踢打,孩子却开始咬他的小腿。

牙齿嵌进肉里,似乎已咬穿了骨髓。他咬紧牙关,咽下疼痛。可疼痛像一块块碎石在骨髓里堆积,变得难以忍受。孩子愉快地尖叫起来,挥动鞋尖,踢进那片碎石。碎石飞到空中,然后飞进哈米多的肚子,他的肚子跟他充满鲜血的胸膛一样温热,他的光头也是如此,头发一根不剩,没法遮挡阳光。

火焰灼烧着他的整个身体。他完全屈服了,任它攻进所有的窍穴。他再次想象着病驴的样子,往前爬去,火辣辣的恨意钻进他的毛孔,在体内越积越多,逐渐变硬变红,最后他看起来像一块烧旺的煤炭。他伸手去拿杀人武器,手指碰到了无力的大腿,腿上的肌肉软绵绵地垂在长袍下面。他躲在厨房门后,掀起自己的长袍。他没有看到挂在腿边的坚硬武器,倒是惊讶地看到了那条结痂的黑缝,活像一道旧伤疤。他的头垂到了胸口。

那个专横的声音突然低沉地喊起她的名字。哈米达从厨房门后提起一把斧头。她潮湿的长袍贴在身上,肚子上有一个鞋印。腹壁之下,仇恨像胚胎一样长大,像面团一样翻滚,日复一日地膨胀,碰到水便发酵,散发出独特的味道。

安保组织侦测到了这个味道。附近总有瞪大眼睛、吸着鼻子的安保组织。哈米达屏住呼吸,擦干手心,然后远远地伸出小手,呈上一杯水。主人干干净净、剪过指甲的手抓住了水晶杯。他闻到味道,别过头去,然而味道十分强烈,传到了卧室里女主人没有生气的鼻子里,鼻孔里松弛的鼻毛变得跟针一样硬。

哈米达当然不肯承认。但她的身体就是罪状。他们夺走了她的身体,却留下了罪状。正如蜜蜂吮吸鲜花,吸尽花蜜,留下残骸。他们大手一挥,扔掉了残骸。那只手在她背上用力一推,更像是在用脚踢她。路上很暗,夜里很黑,她盯着这片黑暗。她感觉母亲的拳头在自己背后,于是抬头看向母亲的眼睛,正要喊出声来。可母亲一动不动地站在那里,连睫毛都一动不动。

哈米达走过石像,将它甩在了身后。寂静在夜晚弥漫,她发觉自己孤身一人。她在尼罗河畔的石凳上坐下,胸中溢满悲伤滞缓的河风,她知道自己生下来便没有母亲,养大她的祖母是主人家的奴隶,死在了自己父亲的刀下。

她任由身体瘫在石凳上,张开毛孔迎接悲伤的侵袭,悲伤涌进全身,给她力量。悲伤很少给予,只会偶尔将自己的礼物赐予一类特殊的人——愿意舍身交换祭品的人。哈米达能将自己完全献给悲伤。她能完全沉浸在悲伤之中,也能以悲伤维生:吃它,喝它,消化它,于是它的汁液融进她的血液,被她的肠道过滤,从它的毛孔分泌出来。它闪闪发光,在她身上流淌,她会再次舔舐它,吞下它,再次消化,再次分泌。

在路人眼中,她独自在黑夜中站立的身影像一尊大理石雕像。水分舔舐着她的脸颊、脖子、肩膀、大腿和脚,动作轻柔,很难察觉。水分停留在皮肤上,尽管被干燥的晚风吹拂着,却没有蒸发,而是进了毛孔,回到它的来源,回到了母亲的子宫。因为它是悲伤,不该将它错认成其他东西。她和她子宫里永恒的胚胎相依为命,这胚胎的来去都听从她的吩咐。当她希望它出现，它就会成为她的孩子，一个自然的孩子，而不是人造的孩子，那些孩子一出生就拥有墨水写就的证书，体内流淌的是黑色的墨水，而不是红色的血液。他们的生殖器被切去，头发被连根拔起，每个人的大腿边都挂着一把玩具手枪。

她的孩子不熟悉手枪、用破布或稻草做的娃娃和其他玩具：玩具是孩子的专利，他不是孩子。他生来就用双脚站立，独自在粪堆间奔跑，他笑了。这个笑容能将他与其他孩子区别开来，因为这是一个无声的笑，脸上的肌肉也一动不动。然而，他小小的眼睛蒙上了泪水，因此呈现特别的光泽。眼泪下面闪烁着光斑，像一颗孤独的星星，清醒而机警地挂在没有月亮的天上。

哈米达漏夜奔走，寻找她的孩子。她围着粪堆打转。她到垃圾桶后面翻找。她在墙边看到一个蜷成球形的小身体。她立刻认出了他，在黑暗中伸出手去，将他抱到胸前。黑暗被一道黄光刺破，黄铜般的眼睛出现了：永远都有一只严密监视的眼睛，圆圆的，没有眼皮，像蛇眼，跟着一条又长又软的尾巴。但柔软没能骗过她，她看看尾巴的后面，看到那里藏着杀人的工具，就挂在大腿上。那不是一条公蛇。是的，虽然哈米达看到了一条母蛇，但她知道会杀人的永远是雄性，她冲孩子大喊："小心，他会杀了你。"

毒牙啃噬着纤细的腿。鲜血像一条细长的尾巴，流了出来，浸湿了她小小的脚趾，流到了她的脚底。她抬起头，看到母亲乌黑的大眼睛正盯着她，母亲无声地看着她，黑色的塔哈裹住了她的头、胸脯和肚子。她张开口，问题刚到嘴边，一只大手却捂住了她的嘴。她的呼吸、轻柔的微风、火车的笛声：一切都成了安静无声、密不透风的无垠黑暗。黑色的塔哈融入了夜色，就像一滴水融入大海。

然而，两条腿还在她身后扑腾着，像高高的浪花，随她扎入海底又浮上海面。海浪和她一同消失在大海中央，然后又出现在岸上，跟她一起撞在岩石的边缘，迷失在白色的泡沫中，随潮水的涨落而不停摇摆。

潮涨时海水微澜，潮落时波动更加轻微。因为大海根本不是海，而是尼罗河。河水滞缓地躺在河底，水流缓慢沉重，就像一只半瘫的脚，一旦触地就不再抬起。不过，哈米多用尽全力，绷紧弯弯细腿上所有的肌肉，把自己的脚拽离地面。那只脚刚离地,便停下了,不愿放下。然而地面用尽全力将它拽回,于是它像石头一样重重落下。

清晨时分,太阳斜斜地照下来,在地上勾勒出他的影子:又长又细,弯曲得像一道彩虹。头发剃光了,肩膀不平,一边高一边低,腿也一长一短:这是一个瘸腿男人的身影。他身后的孩子一边大笑,一边爬上了他的背。

孩子们的话和尖叫声从他脑袋上方砸下来,孩子们的脚像火车的轮子,用力踢打他的背。他们一个接一个,抓着别人的衣摆,模仿鸣笛声,笛声飘到空中。每个人都在奔跑,躲避寻找者——躲在粪堆后面,躲在畜栏里,或是躲在灯柱后面。

灯柱直插云霄,仿佛碰到了月亮。月光照在灯柱后的哈米达身上,她的脸、手臂和腿显得异常白皙。她的身体苍白光滑,一根汗毛也没有。毛囊微微凸起,随着一阵传遍全身的寒战,变得僵硬。

她伸出一只雪白的手,摸摸自己的皮肤。只有自己的身体能给她安慰,因为外界的一切都不可靠,不安全:

外面的世界到处是奇怪的躯体，它们藏在角落里、门后、墙后、街道阴暗的拐角处……尽管表面上看起来，这些躯体平滑无害，然而当三角形的边张开、两腿分开，杀人工具就会露出来，清晰、坚硬、挺立。

哈米达尖叫起来，但那声音没有恐惧或求救的意味。事实上，哈米达不是在向任何人求救，因为她知道路上没有人。她也知道沿路门窗紧闭，灯光尽熄。这片土地没有声响，没有言语，什么都没有。

是的，这不是求救的尖叫，但它尖锐连绵，跟夜晚一样无尽，融进黑暗与寂静。

这也不是惊慌或恐惧的尖叫。哈米达不怕黑，不怕静，甚至也不怕死，因为她就是黑暗的一部分，她的声音归于寂静，死亡与她如影随形。她忍受死亡，就像它是自己的另一具身体，是另一个人，死和生同时存在于她的体内。它占据体内的虚无，抱着四肢，向外伸展，它的味道从她的眼睛、耳朵、鼻子、嘴巴里面散发出来，从她身上的每个窍穴里面冒出来。到了夜里，黑暗渐浓，孤独更沉，她伸手摸索，他就在身边，他紧紧抱着她。在他的怀抱里，他们的呼吸混为一体，他们的体温纠缠不清。

哈米达把手放在自己的背上,安全感油然而生。若有人从背后看到她温暖柔软、微微弯曲的身体,会把她误认作孩童。然而等她转过身,露出眼睛,别人就会发现她显然已经老了。老人的脸和孩子的脸一样,看不出性别,不过她那随着胚胎而不断胀大的腹部揭示她是个女人。若是有人想判断哈米达的年龄,一定会困惑不解,因为她没有年龄。未经公务员查办就出生的孩子都是如此,因为出生日期由公务员决定。他们的生存不受政府照拂,不被历史影响,也不会在时空中留下印记。他们不会像普通人一样经历童年、青年、老年。他们老了之后还会继续活下去,尽管公务员会记下死亡日期。他们就像神明一样,超越了时间的限制,永远活下去,他们的生命不分阶段,只会以单一的状态延伸下去。

他们一生下来就是大人,然后慢慢长大,无所谓童年或成年,接着突然从老人变成婴孩,或者从孩子变为成人。他们在一瞬间死去,快到肉眼难以察觉,因为人眼难以察觉他们的存在。这样的生物在同一时空里以孩子、青年、老人的形态存在。有时他们走在路上,其实已经死了,他们的味道令人难以忍受。然而人眼无法将他们与生者区分开来。甚至连皱纹也没什么意义，因为他们的皱纹看上去不像皱纹，倒像是孩子无声大笑时展露的自然的笑纹。

哈米达依然站在灯柱后面，她的脸在灯光下显得肿胀、圆润，像面粉一样白。她脸上的皱纹被粉盖住了，因饥饿而干裂的嘴唇蒙着血红。她的胸脯从撕烂的长袍里露了出来，胸脯下的肚子鼓鼓的。她的鞋子没有跟，看起来像拖鞋，露出皲裂的脚跟。她像黑夜一样厚重的黑发盖住了脑袋和胸脯，将她的整个身体包裹在漆黑之中。她白皙的脖子从漆黑之中显露，像一截健康的树干，它比森林里的其他树都高，它的根深深扎入湿润的土地。

她看上去像是穿梭于夜晚的女人，虽然她不是女人，现在也不是夜晚。太阳就在头顶，正对两眼之间。哈米达以全部耐心，目不转睛地盯着燃烧的红盘，脸上的肌肉纹丝不动。她在圆圈的中央清楚地看到了他的身影，像一道彩虹：又长又瘦，弯着腰，迈着他特有的缓慢步伐走过她的眼前，肩膀一高一低，腿一长一短——瘸腿男人的身影。她立刻认出了他，差点喊道："哈米多。"但她害怕自己在灯柱后的藏身之处会因此曝光，他会认出她肿胀的肚子，拔出他的杀人工具。

她抿紧嘴唇，屏住呼吸。可他还是嗅到了她的气息，因为她身上的味道强烈刺鼻，跟死人一样。他停住了，把细长的手伸到灯柱后面，却什么也没有抓到。"哈米达。"那个微弱的声音很熟悉，那是他在模仿她的声音。他熟练地弯下腰，循着她的身形。他的伪装是如此精巧，哈米达误以为那个声音真的是自己的声音，那个身体也真的是自己的身体。她放心地从灯柱后面现身，跟往常一样，低着头走了出来。然而她抬起头，目光撞上了黄色的眼睛。她吓坏了，惊讶地发现那双眼睛变成了两双。接着，眼睛变得更多，直至将她包围：胸前有十只，每边肩膀上各五只，全都发出黄铜般的光。

金属般的声音在沥青路上弹起，像铁块相撞的声音。

"你叫什么名字？"

"哈米达。"她的声音很小，几乎难以听清。

剃刀的刀片在她头上移动，她柔软浓密的头发掉进了桶里。剃刀又移到她身上，贴着她的皮肤，将汗毛连根拔起。当它抵达她的小腹，穿过那片黑毛，碰到了一个小小的白色花蕾，那花蕾看起来像一只初生的小鸟。

它将花蕾连根夷平，只在肉上留下一个深深的伤口，像一条结痂的缝（那时候，这种手术被称作"净身礼"，通过摘除一切残存的性器来净化人类）。

哈米达躺在水泥地上，被四面水泥墙包围，她的手臂和腿被捆在一起，已经僵硬。她的胯下挂着一个铁锁，连着一条坚硬的金属腰带（史册中叫它"贞操带"）。当她移动手臂或腿时，铁链就会在水泥地上拖出沉闷的叮当声。

身下是一片血泊，血已渗入地面的缝隙。墙上也溅满手指状的血印：陈旧的黑色血迹，像污渍。留下这无数血渍的人，横跨各个年纪、性别、种族：孩子，老人，男人，女人，白人，黑人，黄人，红人[1]。每个人都留下了一个特别的印记，一个手印般的私人印记。

哈米达伸出指尖，探入缝隙，指尖沾上了鲜血。她把血擦在墙上，在水泥上留下了自己的印记，就像一个

---

[1] 此处的红人应指亚美利加人，他们会在身上涂抹红色颜料，使皮肤呈现红色，实际属于黄种人。"红种人"的说法通常被认为是一种误判。——编者注

私人签名（哈米达这样的文盲会用这种方式签署正式文件）。伸出沾上血渍的黑手指，在文件上画押——无数的文件，上面有数不清的印章，白纸黑字，线条蜷曲细长，就像蟑螂、苍蝇或蝗虫的腿。无数的昆虫散布在地球上，趴在桥上、城墙上、每条街道的拐角处、每座房子和每堵墙的后面、地上的每个缝隙里，它们剃光的脑袋伸出地面，瘦削弯曲的身体却留在缝隙里。它们体内空空，没有内脏，没有肝、心、胃、肠。这个巨大的秘密仓库里装满了仇恨（那个时候，唯有这里能逃脱安防设备的探查。如今，X光设备和电子肛窥器能探测到体内的东西）。

X光落在她鼓鼓的肚子上，显示出满满的仇恨，一层又一层，就像层层叠加后坚不可摧的金属。医生用剪过指甲的柔软手指为她触诊，然后大叫一声：

"火药！"锄头像雨点一般落下来，掘开地面，掀翻土地，挖开凿裂的缝隙，细细搜寻火药的踪迹（历史欢庆了X光为战胜癌症做出的贡献）。

但癌症是一种狡猾的疾病，比历史更狡猾，肿瘤在大地深处继续生长。哈米达把手放在子宫上，感到肿瘤在手掌下，散发着身体的热度，便再次安下心来。她嗅着手指上熟悉的味道———一种会令人联想起粪堆、垃圾桶或一团死肉的味道。她用力呼吸：因为这是她的生命的味道。

哈米多被他们共同的气味所吸引，便把头转向她。他本可以逃走。可他走近了她，因为这是他们共同的命运。他在尸体旁停下来，摊开自己高高的身躯，沥青路上映出他那修长弯曲的轮廓。大腿旁的白色刀刃清晰可见，刀上有明显的黑色污渍，像血迹。他胸中满是夜晚的空气，意识到自己生下来就没了母亲，养大他的祖父曾是穆罕默德·阿里部队里的一名军人，已经死在了监狱里。

他突然明白了——仿佛这是一种如死亡般确定的事实——牢狱之灾便是他的宿命。他没有反抗，而是在铁枷锁中蹒跚前行。在被囚禁的岁月里，他学会了放松身体以减缓重负。的确，压力从他张开的毛孔里、眼睛里、耳朵里、鼻子里、肛门里跑了出去。一切都显得没那么残酷了，无论是被殴打，还是身体肿胀，或是遭受烙刑（在电被发现之前，酷刑就是如此）。

他的身体无力地倒在地上，他尽力伸展四肢，身下是一条细细的血流，血已渗入地面的缝隙。墙上黑色的污渍像血迹，每块污渍都包含五个指印和一个掌印。留下这无数血渍的人，横跨各个年纪、性别、种族：孩子，老人，男人，女人，白人，黑人，黄人，红人。每个人都留下了一个特殊的私人印记。

哈米多从地上站起来，倚着墙，在水泥墙上留下了自己的印记，就像签了一个名（跟哈米多一样，被判有罪的人就是这样在警方的报告上画押的）。伸出沾上血渍的黑手指，在警方的报告上按上自己的指印——无数份报告堆积如山，就像审判日的尸体（那时公交车还没诞生，不会有车轮每天碾碎身体）。这些身体被整齐地垒起来，并且相互错开——头挨着脚，脚挨着头。他们密密匝匝地堆在一起，占据了地面和天花板之间的每一寸空间。他们挤挤挨挨、融为一体，彼此间不留一丝缝隙，也没有人能够移动腿和手臂。

哈米多闭上眼睛，张开嘴巴，呻吟起来。其他人也开始效仿他，无数的声音在广袤的黑暗中升起，融进寂静的夜晚。寂静浓稠深沉，压迫着他的耳朵，令他睁开眼睛。一双脚几乎触到了他的脸，脚掌皲裂得厉害。他立刻认出了这双脚，模仿着她的嗓音，小声说道："哈米达。"然而她没有回答：她已经死了，她躺在地上，面朝天空，白色的月光将她的面孔照得又圆又肿，看上去像一个膨胀的膀胱。

她开口呻吟（由于尿的压迫）。无数的声音在清晨响起，形成了国家的挽歌（他们曾叫它国歌）。

听到歌声，哈米多意识到此刻已是早晨。他拖着铁链之下的双腿，走向厕所——这是世上唯一令他愉快的地方。他站在墙后，跟其他人聊上一两句，下半身排出一股尿液，尿液又细又弯，跟他的身材一样，味道也冲，跟他身上的味道一样。此时他会突然感到奇异的快乐，周围黄色的细流像凯旋门一样闪闪发光，此情此景令他放声大笑。

响亮的笑声从厕所响起，无数的笑声，因为人数与日俱增。那时候，所有的设备都容易坏，当然除了复印机和无线电。这声音像其他声音一样传播开来，以同样的速度（通过当时的一种设备）传进一双大耳朵里，那耳朵长得很像尖尖的石块。一根干干净净、剪过指甲的手指插进那双耳朵，尖尖的石块陷进他圆胖的手掌。他凝视着特派的公务员，问道：

"他们是在笑吗？"

公务员垂下眼睛，他们在大首领——哈米多的主人——面前通常都会这样：

"不，大人，他们在小便。"

哈米多还站在公厕里。看到公务员进来视察时，他的尿液还没排尽。他感到恐惧，恐惧跟死亡一样，有血有肉。他发觉血液从头、四肢和内脏涌出，全都流进了胃里，聚积在那里，胃便像膀胱一样膨胀起来。公务员站在他面前，两腿分开，傲慢地站着，目光死死地落在他的身上，眼神果敢，主人不在场时，公务员总是如此，他张开嘴巴，露出溃疡的牙龈（跟他的主人一样）。

他感到小腹一阵剧痛，便转过身去。他们握紧拳头，身体从四面八方挤向他，一点空间也没留下，一点也没有。他唯一能看到的空隙便是那个患了溃疡的张开的嘴，于是他把尿液对准那张嘴，排空了体内的恐惧。

哈米多睁开眼睛。他感到身下有一片水泊，它的温度就像他身体的温度，它刺鼻的味道也像他生活的味道。

他发觉自己还活着，而且很饿。他伸出手去，把手伸进浅浅的碗里。无数黑色小虫飞了出来，围着他欢快地嗡嗡直叫，一些虫子在飞，一些虫子在跑，另一些在爬。一些虫子停在天花板和墙壁上，另一些消失在缝隙里，还有一只落在他摊开的手心。

他看看它的胯下，看到了那个结痂的旧伤疤，他知道这是一只母虫，而且她死了。他用另一只手拍打她，于是她又死了一次。他敲碎她死去的四肢，录音机记录下了这个声音（这是最新款的录音机，跟鹰嘴豆一样大，安装在他的体内）。他骄傲自得地扭动着右脚的脚趾，他在历史的进程中占有一席之地。这也就是为什么镜头对准政府雇员时，他能在他们眼中看到恐惧。他们的任何动作都会立刻被载入史册——即使只是关节响了一下（人过了四十岁，关节就会变得脆弱），或是用手指赶走栖在鼻子上的苍蝇。

他创造性地抖了一下自己的脚趾。无论如何，他喜欢真实和原创，鄙视模仿。历史已经记录了多少仿造的、不真实的、东施效颦的动作啊。一样的脸、一样的手指和脚趾，一个人模仿另一个，一次模仿接着一次模仿。

这些东西累积下来,变得越来越多,越来越高,就像一堆牛粪。他的母亲每天早晨都会去收集牛粪,将牛粪堆在太阳底下。到了第二天,牛粪就干了,便可以牢牢扎根于历史。

最后,蜜糖出现了,它堆积在碗底,然后像一团焦油,落到他的胃里。他嚼了一片洋葱,中和掉腌黄瓜的酸味。他点燃烟草,让胸腔和胃里溢满烟雾。现在他觉得像是吃饱了,于是自信地大声打起嗝来(那时,只有男人可以这样)。

哈米达听到了那个声音,闻到了烟草的味道。毕竟她曾经去店里给自己的叔伯兄弟或其他男性亲戚买烟草。店主会给她一块糖,她将它塞进嘴里,藏在舌头下。店主向她要钱时,她摊开手,发现钱不见了。她会睁开眼睛,寻找灯光,一丝火苗突然亮起来,只待一阵风吹过,它便熄了。黑暗堵住了房门,就像一个高大的身体,全身都是黑色,除了头顶的两个圆孔,圆孔里面透出红色的光芒,那是黎明之前的颜色。

"你是谁?"她害怕地问道,声音小得几乎难以听见。

他用同样的语调回答:"哈米多。"

她闭上眼睛,这样他就不会认出这双眼睛。她任凭他长长的手臂抱住自己,他滚烫的呼吸温暖自己。这是冬天,她柔软的小耳朵像冰雕的贝壳。

他小声问道,对着她的耳朵喷出一股热气。

"你是谁?"

她一动不动,没有回答,耳朵还在他的嘴巴下面。她假装自己睡着了,把头埋在他浓密的胸毛里。她感到巨大的手指掀开了自己的袍子,便屏住了呼吸。她的胸口不再起伏。她变成了一具尸体。

然而,到了早上,阳光斜斜地照在她的眼睛上。她看到身边瘦弱的身体,身形单薄而弯曲。他的肩膀高低不平,跟她一样;他的手指因洗碗刷碟而肿胀溃烂,跟她一样;他的指甲黑乎乎的,也跟她一样。她立刻明白了,这是她自己的身体,于是她用尽全力抱住他,把自己的胸脯贴在他的胸口,然后她感到自己的前胸压着一个皮钱包的轮廓。她饿了,于是在被人发现之前,迅速地从他口袋里抽出钱包。

她躲在一堵墙后,打开了钱包。她看到了自己的肖像：她裹在黑色的塔哈里，和新婚之夜的母亲很像。她找到父亲写下的嘱咐，提醒他洗刷耻辱。她还找到了四埃及镑和十皮阿斯特。

她用十皮阿斯特买了一顿饭，用两镑买了一条超短裙（那个时候，这种短裙很受贞洁贤淑的主妇欢迎，因为穿上这种裙子，她们神圣的身体只有手臂、肩膀、胸脯和大腿会露在外面）。她用剩下的两镑买了一双露趾细高跟（那个时候，露趾鞋的出现是为了展示女性的血红指甲油，不过这种鞋子后面有跟，所以可以藏起女性因家务而皲裂的脚跟）。

哈米达走在街上，摇摇晃晃地踩着高跟鞋，手臂、大腿和脖子都露在外面，裙子的领口开得很低，展示着她的胸脯。她看起来很像她的女主人，虽然她走过"暴脾气"（当时对警察的通称）旁边，他却没有逮捕她。当她畅通无阻地走过他眼前时，他低下头，看着地面（这叫"转移视线"，经过多年训练，他学会了这个技巧，面对着名声清白的主妇，他就会这么做）。

她高高地扬着头，摇摇晃晃地往前走。她裸露的肩膀也在摇晃，左肩看起来比右肩高。她的左胸也比右胸高（这是因为鼓鼓的钱包就藏在她的左胸下），还有她的臀部，也是一高一低，随着她的脚步而摇晃。

她离警察远了一点，便把手按在钱包上。钱包的皮革摸起来像吃完甜饼后手指上留下的口水。一股热血从她的左胸流向她的腹部、大腿和脚，升向她的脑袋、耳朵和鼻子，然后再次落入心脏，开始了循环，给她静止的细胞注入了一股愉悦的冲动。

她动了动下巴，咀嚼着这种快感，直到它在唾液中融化，然后她将快感连同唾液一起吞下。快感混进血液，开始循环，从头到脚，从脚到头。她的头开始眩晕，她靠在一根灯柱上。她的眼皮垂了下来，于是街道变暗了，天空变黑了，天上没有月亮。打着转的蓝光落在她脸上，她立刻认出了它（她的男主人总是把车前灯漆成蓝色，以免在夜晚出没时被人看到或被人认出来）。他打开车门，走了出来，走到另一边，为她打开车门，等她落座，才关上车门，他转回自己那边的车门，打开它，坐下来，然后关上了车门（她的主人在人文学院接受过训练，学会了这种绕圈的动作）。

她的细高跟插进柔软如面团的厚地毯里，她脱下鞋

99

子，露出皲裂的脚跟。她把脚跟藏在丝绒下面。她的身体躺在一种柔软的东西上——比面团还软，她放松臀部的肌肉，长时间的站立已令它疲惫不堪。她的身体开始陷入这个面团：脚、小腿、大腿、胸脯，一直到脖子。只有头还露在外面，还能被看见。

她的头也开始慢慢下沉：下巴、嘴巴、鼻子。当她意识到自己呼吸不到空气时，惊恐地瞪大了眼睛。恐惧有血有肉。此刻它在她面前化身为一个奇怪的畸形动物，长着人类的脑袋和猿猴的身子。它的脑袋光秃秃的，油光发亮，胸口毛发浓密，屁股光着，跟脑袋一样光滑，背部的皮肤跟脸上的皮肤一样，透着血色。这个生物长着红红的嘴唇，嘴唇张开时露出一条又长又尖的舌头，就像一块白色的刀片，边缘是坚硬的金属，舌头的尖端是一个黑色的孔洞，死神就埋伏在里面。

她尖叫起来——那叫声备受压抑、没人听见，她闭上眼睛，不去看那恐怖的场面，可它（从那连着眼睛和耳朵的泪腺）爬进了她的喉咙，栖息在那里，缠绕成一个肿块。她绷紧喉咙，用尽全力往外吐口水，于是细流像喷泉一样，从她的嘴巴、鼻子和耳朵里涌出来。

男主人像孩子一样愉快地大笑起来，脸颊上的肉被挤了上去，眼睛完全闭上了。她意识到他快睡着了（皇家礼炮响了，宣告着聚会的结束）。他的喊声在空气中弥散，她解开他胸前的金扣子，掏出压在他胸口的沉沉的皮钱包。

她悄悄打开门，走了出去，缓慢而沉着地走向自己的车，用一把闪着银光的钥匙打开车门，这把钥匙很像女主人从前的那把。汽车在柔软的沥青路上滑行，像优雅的小艇穿行于水面。她路过一位警察，他笔挺地站着，像一根灯柱。他颤抖着（仿佛被一股电流击中了），抬起右手食指，触摸自己的左耳（那个时候，这是一种神圣的动作，象征着对祖国的热爱）。

她把头伸出车窗。月光照在她的脸上。街上空无一物，除了马路两旁站得笔挺的灯柱。灯柱的右边是高举的手臂，灯柱的左边是举到耳边的手指。

她认出了手指上的黑斑，低呼道："哈米多！"然而哈米多什么也没听到，依然站得笔直，他的头抬向天空，耳边放着黑色的手指（出国旅行的人曾见过这种矗立在每个首都入口处的无名战士纪念碑）。

哈米达伸出自己的手,抓住他的手。他的手指跟她的很像,他手掌的轮廓跟她的很像。她心头闪过一阵同情,因为他们命运相连。她想掰下他的手臂,可那只石头做的手臂疲倦地举着,一动不动。她抬起眼睛,注意到乌黑的大眼睛里闪着一颗泪珠,孩子般的泪珠。泪珠从面颊上滚落,依然滚烫,它流进嘴角,流到舌头下面,尝起来很苦。她吞下它。另一颗热泪从面颊上滚落,流到鼻子里,一样苦涩,她咽下了它。悲伤从四面八方袭来,像一种柔软的粉末,涌进她的鼻孔、嘴巴和耳朵。然而悲伤的颗粒很锐利,就像碎玻璃碴,撕裂了她鼻子、嘴巴和气管里的薄膜。她无声地咳嗽,胸中流出一股白色的液体,从她的眼睛、鼻子、嘴巴和耳朵里喷出,夹杂着血丝。

她抬起头,对着月光,脸色煞白,毫无血色。她的容貌有些奇怪。下巴很小,又圆又软,像孩子的下巴;凸起的额头又粗又皱,像老人的额头;嘴唇是少女的样子,微微张开;面颊像男人一样鼓起;鼻子笔直而上翘,带着法外分子的傲慢;耳朵小巧顺从,一动不动,像政府雇员的耳朵;眼睛又黑又大,有种无畏的神气,这双眼睛总是直勾勾地看着前方,不像那些端庄的妇女,她们会避开旁人的目光,看着地面,为自己鲁莽的想法感到腼腆与羞愧。

这些五官很奇怪,彼此矛盾。更奇怪的是,这种矛盾构成了一种内部的和谐。这种和谐与平衡是如此引人注目。这些五官仿佛并不来自同一张面孔,而是来自两张、三张或四张面孔,它甚至不是一张脸,而是某种别的东西。

它搅起了混乱与困惑,也引起焦虑,甚至是愤怒。如果一个人看向另一个人的脸,看到的不是对方的灵魂,而是私处,那么他自然会生气。如果私处的形状古怪而陌生,他自然会更生气。因为私处的形状天生会引发羞耻、有损体面,也会带着污秽的味道。但若私处散发出甜味,就实在太奇怪了,这意味着身体没有排出汗液和毒素。很快,身体内部就会腐烂,散发恶臭,这张脸却依旧干净白皙,带着显示贵族身份和古老尊贵血统的特质(正如她的男主人)。

她站在月光下,男主人转头看她。她睁着乌黑的大眼睛,迎接他长久的凝视,没有避开或垂下目光。他气极了，想朝她的脸啐上一口。然而他已经习惯于隐藏和压抑自己的怒火，因此怒气再未激起任何面部变化，除了鼻翼上的肌肉会偶尔抽搐一下，牵动他的嘴角，肉眼看起来，他仿佛露出了一个微笑。

她没有别的约会，便爬上了他的车。他们驶向他在扎马利克岛[1]上的大宅邸。她看到女主人从高处那扇装饰繁复的窗户俯瞰下来。尽管她的头只有针尖大小（因为她站得很高），但他能看到她。他把脸藏进右手，加了一脚油门，在被人看到之前，飞快地驶开了。他沿着尼罗河大街慢慢开着，穿过大桥，进入布拉克区[2]，他在那里有第二套住宅（那时，所有体面的丈夫都有另外的住宅，住宅越多，他的社会地位就越高）。

他立刻脱光衣服（做大事的人习惯如此），然后抬起

---

[1] 扎马利克岛（Zamalek），埃及尼罗河上的一座岛屿，自二十世纪初，这里就是富人的住宅区及商业区，很多外国使馆驻扎于此，岛上外国居民占比很大，常被当作富裕的现代埃及的象征。

[2] 布拉克区（Bulaq），位于尼罗河东岸的老港口，十九世纪成为工业区。自此，这里慢慢成了城市中人口密集、工薪阶层住宅居多、商业繁荣的地区。

一只脚，放在床沿，另一只脚仍然站在地上（担任公职的这么多年里，他已经学会单腿站立）。就在此时，她转头看他，没有看到杀人工具，却看到了愈合的旧伤口。但她显然没觉得这有什么奇怪，她不以为意地转过头，对着墙壁。在墙上的一个镀金相框里，她看到了穿军装的女主人。女主人的目光落在裸露的屁股上，带着治安官那种庄严乃至冷酷的眼神，跟随屁股而移动，扫视着各个角落（这些照片已被收入情报局的档案）。

就这样，哈米达的脸出了名。每当她看向车窗外，人们尽管装作不经意地低着头，但纷纷引颈观看。她的面孔被贴在墙上，矗立在每个街角。那是她曾经站立与等待的地方，有时等待似乎无穷无尽，她就会抬起头，看到自己的照片挂在那里，照片上的自己张开嘴，露出大大的微笑，一长条温热的白色唾液从她的嘴角往上流，流到鼻子的边缘，然后顺着鼻翼流到鼻子和眼睛之间。

她用手掌擦去脸上的液体，然后把手揩在墙上，墙上就会出现一个手掌和五根手指。在晚风的吹拂和太阳的照耀下，手印干了，变成了血渍般的黑色污渍。

哈米多倚着墙壁，站着睡着了。阳光落在他的眼睛上,他睁开眼睛,看到手掌和五根张开的黑手指。她的手指跟他的很像,手掌的轮廓跟他的也相仿。他开口喊道:"哈米达!"他从大腿边拔出杀人工具,就在此时,他看到了在她手指间晃来晃去的银钥匙,意识到她是自己的女主人。眨眼间,他便将杀人工具藏进了自己的口袋,让它再次松松地垂在大腿边。他笔直地站在自己的位置上,绷紧背部的肌肉,举起右手,眼皮松弛下来,像帘子一样盖在眼前。

汽车的声音走远了,他睁开眼睛,看着逐渐变小的车尾,它划破黑暗,随后又被黑暗吞没。他放松背部的肌肉,放下手,感到一阵轻松。他在胸中吸满夜晚的空气,试图回忆自己小时候的样子——微笑或大笑时五官的形状,可他什么也想不起来。他没有童年可以回顾,没有微笑过,也没有大笑过。

他听见自己沉重的脚步:右,左,右,左。哒哒哒哒。缓慢而规律的敲击,中间穿插着跟死亡一样黑暗的寂静。他咳嗽起来,吐出一口带血的痰。竹杖落在他的背上,刺痛让他意识到自己赤身裸体,还未死去。他失去了乐观的情绪,开始唾骂。他听到熟悉的盛气凌人的

声音,便从黑色的口袋里拔出那个武器,仔细瞄准两眼之间的中点。那个刺耳的声音大喊:

"射击。"

他便扣下扳机。

那个高挑弯曲的身影倒下来,一股细长的血流从眉心的孔洞里流出来。血流穿过这个身体的眼睛、脸颊、鼻子和嘴唇,在他又小又圆、孩子似的下巴上打了个转。

他不是一个孩子,而是无数的孩子,他们的身体在沥青路上打滚。每个孩子的脸上都有一股长长的血流,从眼睛流到鼻子、嘴巴、脑后。太阳落在沥青路上,天空一片纯蓝,神明出现了,他们聚在一起,排排坐定,把一条腿放在另一条腿上,抽着水烟。

哈米多伸展腿脚,撞上了另一条腿,他伸出手臂,撞上了另一只手。他淹没在尸体的海洋。他开始游泳,手脚并用地在这片大海里穿行。他停下来喘气,转过身,想看看自己身处何方,是谁把他带到这里的。他什么都不记得了,只记得自己曾经是一个孩子,一个有力的拳头推了一下他的后背,把他丢下了这片海洋。他看到墙上的手印:一只巨大的手掌,跟他父亲的一样,手指肿胀皲裂，跟母亲的一样。他开口喊道："妈妈！"母亲用黑色的眼睛看着他，黑色的塔哈遮住了她的脑袋、脖子、肩膀和肚子。

她站在不远处，高高的身影一动不动，坚挺的胸脯仍然在他的头边。他把脑袋偎在她的胸上，将鼻子埋进她的乳房。然而母亲用有力的手推开了他，他抬头看她，却看到了父亲的大眼睛，眼白上的红血丝闪闪放光，像细细的蛇。接着他听到了父亲粗哑的声音：

"只有鲜血能洗刷耻辱。"

他走到父亲身边，牢牢盯着他的眼睛。眼白上的红血丝颤抖了（一个人若是看到一只眼睛眨也不眨地盯着自己，就会害怕，因为这样的凝视意味着它在仔细审视他，要看穿他的真正面目）。

父亲往后退了一步，灯光正好照在他的脸上。他抬起一只大手，捂住自己的脸，然而灯光已经暴露了他巨大的身体，他站在那里，堵住了门。他朝灯芯吹了一口气，火苗熄灭了。四下一片漆黑，地面与墙壁、墙壁与天花板，根本分不清。他光着大脚，在低矮的门口上踉跄了一下，而他又高又宽的身体恢复了平衡，像猎豹似的，他绷紧双脚，跳上前去。他小心而缓慢地向前移动，踩到了一个东西，那东西看上去像是乡下男人爱穿的皮拖鞋。

哈米多尖叫起来，他的声音像个孩子，他的身体却不是孩子的身体。他把手伸进刀鞘般的长口袋，抽出一把坚硬的金属武器。他瞄准两个白色圆圈的中点，圆圈上还闪着红色的血丝。他屏住呼吸，闭上眼睛，扣下了扳机。

他睁开眼睛，看到了那个高挑弯曲的身体摊在阳光下，瞪大的眼睛看着上面，右臂垂在一侧，抓着什么东西。哈米多掰开手指，一枚钱币掉进他的掌心。他握紧钱币，去店里买烟。他买了一颗糖，将它放入口中，转头想走，店主却叫住了他，向他要钱。他摊开手掌，手心什么也没有。店主抄起一根棍棒，跟在哈米多身后追赶。

他的身体又小又轻，能像麻雀般在空中穿行。他无疑能比店主跑得快（啊，他要真是只麻雀就好了）。然而有个沉重的东西突然压在他身上，就像在梦里一样。他感到自己的身体变得非常迟钝。它似乎变成了石头，变成了一尊雕像,双脚牢牢扎进地里,手臂被钢筋水泥固定住了。大腿被扯开,像是变成了大理石。双腿被掰开,僵硬地举在空中。每只脚上都有一根钉子,他仿佛被钉上了十字架。竹杖在空中挥舞,又细又长,弯成了一道彩虹,它像雨点般落在了某个柔软温暖的东西上面,像是一块鲜活的肉。

* * *

哈米多睁开眼睛时,屋里满是阳光。他确信自己看到的一切只是梦一场。他从席子上跳起来,跑到街上。他的朋友们——邻居家的孩子们——跟往常一样,在砖墙间的窄巷里玩耍。每个孩子都紧紧抓着另一个孩子的手,围成一个圆,不停转圈。又尖又细的歌声跟身体的动作同步,它只有一节,却不停重复,因此成了一个首尾相衔、牢不可破的循环:

哈米达生了个孩子,
她叫他阿卜杜勒·萨马德。

她把他丢在河床上，

风筝冲下来，切下了他的脑袋！

嘘！嘘！滚开！

哦，风筝！哦，猴鼻子！

    他们一直转，一直唱，旁人没法分辨这首歌的起始与结尾。他们紧紧拉着彼此的手——孩子们习惯如此，旁人看不出这个圈从哪里开始，在哪里结束。不过万事都有结尾，所以我必须结束这个故事。然而，我不知道这个故事的结尾在哪里。我没法说清楚这个故事的结尾，因为它并不明确。事实上，这个故事没有结尾，更准确地说，结尾和开头连在一起，成了一个封闭的圆环。很难看出这个圆环在哪里结束，从哪里开始。

    结尾总是很难，尤其结束一个真实的故事，一个真实得不能再真实的故事，一个精确得不能再精确的故事。这种精确要求作者不能省略或忽视任何一点。因为，在阿拉伯语中，一个点———一个简单的圆点——就能改变词语的含义。有时候变动一条线或一个圆点，男性就变成了女性。同样地，在阿拉伯语中，"丈夫"与"骡子"

的区别、"诺言"与"恶棍"的区别，往往只在于一个点或一条线的位置。

所以，我必须在一个明确的点上结束我的故事。也就是说，一个几何意义上的真正的点。换句话说，在这件艺术作品中，也就是我的小说中，科学上的精确不可或缺。科学上的精确也能毁坏或扭曲一件艺术作品，但也许毁坏或扭曲正是我想要的东西，是我想在这个故事中呈现的东西。唯其如此，这个故事才会跟"活着的生命"一样真实与诚挚。因为有时候生命可能是死的，正如有些人过着日子，却不流汗、不排泄，身上也不会产生污秽的东西。真正活着的人没法一直将污秽憋在体内，否则他会死去。然而他一死，脸就会变得纯白，内部却开始腐烂，被死亡的腐坏所污染。

我想象着（就在那一刻，我的想象成了事实），在孩子们一边转圈一边齐声歌唱的时候，一个孩子突然走出圆圈。我看到一个小小的身体脱离了那个稳稳旋转的圆环，打破了规则的圆形。它像一粒闪闪发光的微尘或一颗失去了平衡的星星，突然飞出了宇宙，形成一道光焰，就像在自己的光焰中陨落的流星。

出于本能的好奇,我的目光随他而动。他停了下来,离我很近,我能看到他的脸。这不是男孩的脸,正如我所料。是的,这是一个小女孩的脸。然而我并不确定,因为孩子的脸——就像老人的脸——看不出性别。只有在童年与老年之间的阶段,性别才会不辨自明。

这张脸——奇怪极了——我并不感到陌生,它是如此熟悉。这种困惑发展为怀疑,我的大脑接受不了眼前的景象,这不合情理:我一早出门上班,半路迎头撞上一个人,而这人的脸竟与我的脸一模一样。

我承认,我的身体在颤抖,剧烈的恐慌令大脑无法思考。即便如此,我依然在想:一个人与自己打照面时为何要恐慌?是因为遇见自己非常奇怪吗?还是因为这样的相遇过分熟悉?一切都乱套了。原本对立相异的事物几乎合二为一。黑色变成了白色,白色变成了黑色。这一切有什么意义?眼睛睁着,却什么也看不见。